KB198527

정수윤

언어에서 별을 보는 사람, 한 줄 시에서 은하수를 보는 사람.
나쓰메 소세키, 다자이 오사무 등 일본의 여러 근대 문학
작가들의 작품을 번역하면서 와카, 하이쿠와 같은 옛 시의
세계에 눈떴다. 문학을 창작하고 번역하는 틈틈이 한 줄에
세상이 담긴 예술을 음미하길 즐긴다.

와카를 산문으로 풀어낸 『날마다 고독한 날』, 장편소설 『파도의
아이들』, 동화 『모기 소녀』를 썼고, 『도련님』, 『인간 실격』,
『봄과 아수라』, 『처음 가는 마을』, 『지구에 아로새겨진』 등을
옮겼다.

한
줄
시
읽
는
법

한 줄 시 읽는 법

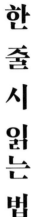

찰나의 노래, 하이쿠 시 작하기

정수윤 지음

유유

피고 지는 계절에 마음을 담아요

봄을 맞아 엄마와 단둘이 강원도로 여행을 떠났을 때의 일입니다. 숲길을 내려와 이름 모를 들판을 걷는데 엄마가 문득 주위를 두리번거리더니 풀밭에 쪼그려 앉는 거예요. 무슨 일인가 싶어 다가간 저에게 엄마가 말했습니다.

"여기 어린 쑥이 무성하네. 오늘 저녁엔 이거 넣고 된장국 끓여 줄게."

그저 대수롭지 않은 어느 봄날의 기억입니다. 하지만 그 순간 왠지 모르게 코끝이 찡했어요. 사나흘 여행에서 가장 기억에 남은 이 장면을 한 줄 시로 지어 보았습니다.

어린 쑥 향기
자식에게 주고파
무릎을 꿇네

　이렇게 시를 짓고 보니 그날의 알싸한 쑥 향기와 쪼
그려 앉은 엄마의 뒷모습, 아직 꽃샘추위로 사방에 싸늘
한 바람이 부는 가운데 새 생명이 앞 다투어 잎을 틔우
는 초봄의 들판, 그런 것들이 한 장의 스케치처럼 눈앞
에 어른어른 떠오릅니다.

　이처럼 일상 속 인상적인 어느 한 장면을 그림 그리
듯 쓰는 글쓰기를 하이쿠 시인 마사오카 시키는 '사생
문'寫生文이라고 불렀습니다. 초등학교에서 종종 열리는
사생대회의 그 사생이에요. 우리를 둘러싼 자연물이나
경치를 눈에 보이는 그대로 그리는 일을 말하지요. 이
회화 기법처럼 있는 그대로를 집요하게 묘사하는 작문
법이 일본의 근대화 초기에 도입되었습니다.

　이 글쓰기 기술은 학창 시절부터 마사오카 시키의
단짝 친구였던 나쓰메 소세키를 비롯해 작가들에게 큰
영향을 미쳤습니다. 시키는 하이쿠로, 소세키는 소설로
사생문을 쓰면서 시와 소설의 새로운 시대를 열어 나갑
니다. 현대 일본의 다양한 장르 작품들이 마치 눈앞에

떠오를 듯 정교하고 집요한 묘사로 이루어진 것도, 이 사생에 기반을 둔 하이쿠와 관련이 있다고 생각합니다.

한 줄 시 하이쿠에는 다음과 같은 세 가지 법칙이 있습니다. 먼저 다른 누구도 아닌 나의 감각으로, 지금 이 순간을 노래해야 합니다. 하이쿠는 나를 둘러싼 자연과 인간과 우주를 보고, 듣고, 맛보고, 느끼며 기록한 한 장의 스케치와 같은 시입니다. 시각과 더불어 청각, 후각, 촉각 등 공감각적 요소가 모두 동원되지요. 어디선가 보고 들은 말이나 생각이 아니에요. 작고 소박할지라도 지금 여기, 이곳에 살아 있는 나의 눈과 코와 귀와 살로 느낀 것을 적어 내려갑니다. 이것이 지구상에서 가장 짧은 한 줄 시, 하이쿠의 첫 번째 법칙입니다.

하이쿠의 두 번째 법칙은 5·7·5 리듬입니다. 다섯 자, 일곱 자, 다섯 자의 음수율이 있어요. 열일곱 자 안에서 나를 둘러싼 소소한 우주를 노래하는 것이지요. [어 린 쑥 향 기 – 5자] [자 식 에 게 주 고 파 – 7자] [무 릎 을 꿇 네 – 5자] 이 같은 형태가 하이쿠의 정형적인 음수율을 맞춘 경우입니다. 앞의 다섯 자는 카미고上五, 가운데 일곱 자는 나카시치中七, 마지막 다섯 자는 시모고下五라고 부릅니다. 물론 조금씩 벗어나는 것도 허용돼요. 다섯 자가 예닐곱 자가 될 때도 있고 서너 자가 될 때도

11

있습니다. 글자가 넘치는 경우를 지아마리字余り, 글자가 부족한 경우를 지타라즈字足らず라고 부릅니다. 또는 아예 이런 법칙을 부수는 하이쿠도 존재합니다. 음수율을 고려하지 않고 자유율(비정형) 하이쿠를 쓰는 시인도 더러 있지요. '거미는 거미줄 치고 나는 나를 긍정한다', 산토카의 이런 시처럼요. 자유로운 영혼을 가진 몇몇 시인에게는 음수율을 맞추는 법칙이 답답하게 느껴진 모양입니다. 그러나 꾸밈없이 가볍게 덜어 낸 한 줄 시라는데에는 변함이 없습니다.

하이쿠의 세 번째 법칙은 계절어입니다. 계절어가 여러 개 들어가는 것은 바람직하지 않고 하나가 딱 좋습니다. 계절어란 말 그대로 우리를 에워싼 봄, 여름, 가을, 겨울을 담은 단어를 말해요. 일본어로 키고季語라고 한답니다. 사계절 외에 신년의 계절어도 있습니다. 일본에는 약 6천 개의 계절어가 있다고 해요. 그네들의 국어사전을 펼쳐보면 각각의 계절어가 사계절 혹은 신년 가운데 어느 분류에 해당하는지 표시되어 있습니다. 예를 들면 앞서 제가 쓴 한 줄 시의 계절어는 쑥입니다. 쑥은 대표적인 봄의 계절어지요. 일본에서 가장 널리 쓰이는 사전『고지엔』広辞苑을 펼쳐 보겠습니다.

쑥(よもぎ)【蓬·艾】

국화과의 다년초. 산과 들에서 자생. 높이 약 1미터.
잎은 날개형으로 갈라졌고 뒷면에 흰 털이 있다. 잎
에 향기가 있어 어린잎은 떡에 넣고, 성장한 잎은 뜸
을 뜰 때 사용한다. 〈계절·봄〉

이런 식으로 단어 설명 끝에 그것이 계절어라면 어
느 계절에 해당하는지 분류해 둔답니다. 그만큼 한 줄
시가 일상에 깊숙이 들어와 있다는 뜻이겠지요.

다른 계절을 예로 들어 볼까요. 땀은 사시사철 흘릴
수 있지만 가장 익숙한 계절은 여름일 거예요. 그리하
여 땀은 여름의 계절어입니다. 달도 매일 밤 뜨지만, 그
쓸쓸하고 영롱한 자태가 가장 잘 드러나는 계절은 가을
이기에 가을의 계절어에 속하죠. 다른 계절의 달을 시에
쓰고 싶을 때는 봄 달, 여름 달, 겨울 달이라는 식으로 계
절을 붙여 씁니다. 하지만 시에 계절 없이 달만 있을 때
는 가을 달이라는 암묵적인 약속이 있답니다. 겨울의 대
표적인 계절어는 펄펄 날리는 눈이겠지요. 눈사람, 눈
꽃, 눈싸움, 눈토끼, 눈구름, 눈밟기…… 눈이 붙은 단어
도 대부분 겨울의 계절어입니다.

이러한 계절어를 모아 놓은 계절어 사전도 있습니

다. '사이지키'歳時記라고 하는데, 각각의 계절마다 기후, 동식물, 음식, 연중행사 등의 범주에 따라 단어를 분류하여 그 뜻을 설명하고 한 줄 시 예문을 실은 사전입니다. 이런 책으로 다양한 계절어를 익히고 하이쿠 짓기를 배웁니다. 저에게는 여러 출판사에서 나온 계절어 사전이 있는데, 그중 가도카와 학예출판에서 나온 『합본 하이쿠 사이지키』 제4판을 펼쳐 보겠습니다. 천 페이지가 넘는 사전에 개미 같은 글씨가 빼곡해요. 겨울의 장을 여니 기후, 천문, 지리, 생활, 행사, 동물, 식물로 항목이 구분되어 있습니다. 그중에 생활 항목으로 들어가 어떤 단어들이 있는지 살펴볼까요. 연말 대청소, 떡 빻기, 송년회, 미소카 소바(12월 31일 밤에 먹는 메밀국수), 겨울방학, 등이불(추위를 막기 위해 등에 덮고 끈으로 묶는 이불), 스웨터, 귀마개, 목도리, 장갑, 아쓰칸(체온을 높이기 위해 뜨겁게 데운 술), 굴냄비요리, 후유고모리(추운 겨울 동안 방에 틀어박혀 있는 일), 고타쓰(상에 이불을 덮고 그 속에 난로를 넣은 난방기구), 일기장 사기, 연하장 쓰기, 썰매, 유키미(눈 구경) 등등이 보입니다. 우리가 아는 낱말도 있고 쓰지 않는 낱말도 있네요. 이것이 문화의 같음과 다름이겠지요.

　　우리는 우리 국어사전을 보며 우리만의 계절어 사

전을 만들 수도 있을 겁니다. 일본에 없는 '김장'이라는 단어는 늦가을의 계절어가 되겠네요. '떡국'은 물론 신년의 계절어일 테고, 삼복더위에 먹는 '삼계탕'은 한여름의 계절어겠지요. 한반도의 세시풍속, 우리들의 기후와 자연을 들여다보며 만들어 낸 계절어 사전은 또 얼마나 아름다울까요. 각 나라와 지역에서 그곳 사람들이 쓰는 고유한 단어들을 기억하고 알아 가는 과정은 훌륭한 인문학 공부이면서 인간의 삶 속에서 다양하고 풍요로운 즐거움을 맛보는 일일 겁니다. 우리가 여행을 좋아하는 이유도 다른 나라, 다른 지역의 문화를 경험하고 거기서 차이점과 동질성을 맛보는 일이 즐겁기 때문이 아닐까요. 꼭 여행을 떠나지 않더라도 그 나라의 단어를 안다는 건 그 나라의 문화를 아는 일입니다. 이웃 나라를 알아 가는 언어 생활 속에서 자연스레 우리의 사고와 생각도 유연하게 확장될 거예요.

계절을 품은 단어 하나하나에는 힘이 있습니다. 사람의 이름을 부르는 것만으로도 인생 전체가 다가올 때가 있듯이, 계절어의 이름도 하나의 우주를 끌어당기는 밧줄이라 할 수 있겠죠. 길을 걷다 우연히 본 꽃과 나무와 곤충과 구름의 이름을 아는 일은 우리를 둘러싼 세계와 대화를 나누는 첫발이기도 합니다. 아울러 시를 쓰는 첫걸음이기도 하지요.

이 책에서는 우선 봄의 언어와 여름의 언어, 가을의 언어와 겨울의 언어를 알아보고, 각각의 계절어에 해당하는 한 줄 시를 읽어 보도록 하겠습니다. 또 각 계절에 가장 잘 어울리는 감각을 선별하여 하이쿠를 감상할 수 있도록 구성했습니다. 예를 들면 봄에는 리듬감 있는 움직임으로 시각을 촉진하는 시를, 여름에는 귓가를 간질이는 청각을 건드리는 시를, 가을에는 침이 고이는 맛과 향으로 후각과 미각을 일깨우는 시를, 겨울에는 예민한 감촉을 통해 촉각을 자극하는 시를 묶었습니다. 이처럼 다양한 한 줄 시를 감상하다 보면 공감각적 세계관이 열리는 경험을 할 수 있을 거예요. 덧붙여 하이쿠 시인과 그 시대, 그리고 하이쿠 쓰는 기법에 대해서도 조금씩 알아보겠습니다.

책을 다 읽고 나면, 그동안 우리가 익숙하게 보아 오던 사시사철의 풍경이 더욱 선명하게 눈에 들어올 거예요. 늘 보던 색이 더 진하게 다가오고, 늘 곁에 있던 꽃과 나무가 말을 걸어 오는 신비. 세상은 멈춰 있는 듯 보여도 시시각각 움직이고 있으니 한 줄 시를 읽으며 계절의 변화에 더욱 민감해질 겁니다. 그렇다면 지금 바로 이 시간을 여행하는 우리의 계절에 오래오래 기억될 한 줄 시를 지어 보는 건 어떨까요. 한 줄의 짧은 시라 해도 하루하루 쌓이고 쌓이면, 어느새 우리의 언어 창고에 무수한 시가 넘쳐흐를 겁니다. 어렵지 않습니다. 머리를 싸맬 필요도 없지요. 자연스럽고 편안하게, 눈에 보이는 그대로를 흘러나오게 하면 된답니다. 시와 함께하는 생활은 우리에게 짧지만 오랜 여운을 줍니다. 차분하게 세상을 바라보고, 자연에서 지혜와 재치를 발견하며, 하루에 한 번쯤 은은하게 미소를 지을 수 있는 따스한 한 줄 시의 공간. 그건 어쩌면 우리가 우리 스스로에게 줄 수 있는 일상의 작은 선물일 거예요.

자, 그럼, 이제 저와 함께 사계절 하이쿠의 세계로 들어가 볼까요.

1
봄날의 한 줄 시

제
비
의

날
갯
짓
처
럼 기
운
찬 리
듬
으
로

봄의 계절어와 함께 하이쿠의 리듬과 박자, 이미지를 살
리는 기법을 알아봅니다.

산은 고양이

여기저기 핥았네

눈 녹은 틈새

山は猫ねぶりていくや雪の隙

제 작업실은 인왕산 밑에 있어요. 저는 '연필'이라는 강아지와 날마다 산을 오르는데, 이 하이쿠를 읽은 뒤부터는 군데군데 눈 녹은 치마바위가 마치 거대한 고양이처럼 보입니다. 이 한 줄 시를 쓴 바쇼芭蕉(1644~1694)는 추운 겨울이 가고 날이 풀리며 눈이 녹는 산을 보면서 고양이의 털 고르기를 떠올립니다. 자기 몸을 여기저기 핥아 대는 고양이의 까슬까슬한 혀가 산에 덮인 눈을 녹이는 상상을 하니, 절로 웃음이 나네요. 연필아, 저 산에 거대한 고양이 좀 봐. 자기 몸을 깨끗이 청소하고 있어. 그러나 연필 군은 제 말 따위 아랑곳없이 숲속의 길고양이에게 정신이 팔려 있군요.

이 시에서 계절어는 '눈 녹은 틈새'雪の隙, 유키노히마입니다. 직역하면 '눈(유키)의 틈(히마)'이지만 다섯 음절을 맞추기 위해 [눈 녹 은 틈 새]로 번역해 보았습니다. 눈이 녹는다는 건 추운 겨울이 가고 곧 봄이 올 거라는 징조이지요. 그런 계절의 변화를 뜬금없이 고양이가 제 몸을 핥는 모습과 결부시킨 것이 이 시의 묘미입니다. 이처럼 즐겁고 재미있는 한 줄 시는 전혀 상관관계가 없어 보이는 두 개의 단어에서 동일성을 찾아낼 때 태어나곤 합니다. 날이 풀리며 눈이 녹는 틈이 생기는 '산'과 긴 혀로 자기 몸을 깨끗이 핥는 '고양이'. 그 둘에

게는 똑같이 긴 줄이 생깁니다. 금세 사라질, 여기저기 뻗어 나간 줄이.

'눈의 작별'(유키노와카레)이라는 귀여운 단어도 봄을 상징하는 계절어입니다. '눈 녹은 틈새'와 비슷한 시기의 낱말이겠네요.『고지엔』을 펼쳐 볼까요.

눈의 작별(ゆきのわかれ)【雪の別れ】
그해 겨울 마지막으로 내리는 눈. 근세에는 2월 15일 열반회(석가의 기일에 행하는 법회) 전후다. 눈의 끝. 떠나는 눈.〈계절·봄〉

말하자면 첫눈의 반대말입니다. 눈이 마지막으로 떠나며 작별 인사를 한다니. 이런 발상을 해 본 적이 없는 저는 이웃 나라의 신선한 언어로 상상력을 키우곤 합니다. 바쇼는 '새로운 계절어를 단 하나만이라도 찾아 낸다면 후대에 좋은 선물이 될 것'이라는 말을 남겼습니다. 언어를 선물한다니. 얼마나 멋진 일인가요. 그동안 저의 언어 세계에는 첫눈만 있었습니다. 그래서 "와, 첫 눈이다!"라고 말할 때는 두근거리는 기쁨을 느꼈지만 "아마도 이 겨울의 마지막 눈이겠구나"라는 생각이 드는 눈을 보면서는 딱히 특별한 감정을 느끼지 못하며 살아왔다는 기분이 듭니다. 이제는 눈과 작별 인사를 하는 날도 은근히 기다리게 되네요. 안녕, 눈. 내년에 또 만나자.

'눈 수프'(유키시루)라는 말도 봄을 상징합니다. 눈이 녹아 수프처럼 물이 흥건해지는 현상이죠. 시루는 된장국과 엇비슷한 '미소시루'의 시루인데 국, 국물, 즙을 뜻합니다. 수프는 서양에서 온 단어지만, '눈 국'이나 '눈 즙'보다는 어쩐지 '눈 수프'로 번역하고 싶어지는 계절어입니다. 저런, 산에서 연필 군이 또 눈 수프를 먹고 있어요. 기다려, 연필! 아무리 목이 말라도 일주일 지난 눈 국물은 마시는 게 아니란다. 쯧쯧, 이래서 한시도 눈을 뗄 수 없는 강아지예요.

하이쿠의 리듬을 살려 주는 기법은 '키레지'切字입니다. 번역하면 '끊어 주는 글자'라는 뜻이에요. 우리말로 치면 '~여' '~구나' '~하네' '~인가'처럼 명사나 동사 뒤에 붙어 감탄과 탄식, 의문과 추측 등의 뜻을 더하는 어미입니다. 열일곱 자의 짧은 시지만 중간에 키레지를 넣어 한 번 숨을 가다듬어 주면 리듬이 살아나 시에 생동감을 더합니다. 경쾌하게 언어의 매듭을 지어 주는 방법이라고 할 수 있지요.

보통은 처음 다섯 자인 카미고에서 끊거나, 중간 일

곱 자인 나카시치에서 끊습니다. 하지만 한 줄로 죽 이어서 노래하고 맨 마지막에 키레지를 쓰기도 합니다. 이 시에서는 '핥았네'의 어미 '~네'가 키레지가 됩니다. 원문은 '야'ゃ네요. 감탄의 뜻으로 말에 느낌표(!)를 넣은 듯한 울림이 있습니다. 고양이가 여기저기 산을 핥았구나! 핥았어! 핥았군! 핥았네! 이렇게 중간에 힘을 준 후 제일 뒤에 '눈 녹은 틈새'라는 계절어를 넣으며 끝을 안정적으로 눌러 주는 기법을 사용했어요. 하이쿠에서 가장 흔하게 쓰이는 방법입니다. '눈 녹은 틈새'는 고양이가 핥았다고 하기에는 너무 거대한 면적이지만, 그 모양이나 궤적이 비슷하다는 귀여운 발상 하나로 겨울에서 봄으로 넘어가는 정취를 담았습니다.

봄물이 돌아

발길 닿는 곳마다

보이는구나

春の水ところどころに見ゆる哉

봄물은 우리말 사전에도 이름이 올라와 있는 예쁜 낱말입니다. 봄의 물이라니, 여름 물, 가을 물, 겨울 물보다도 달콤할 것 같지 않나요. 겨우내 얼었던 물이 사방으로 돌며 생명이 꿈틀대니 바야흐로 봄입니다.

그러고 보니 다른 계절에는 '물'이 붙은 단어가 없습니다. 오직 봄물뿐이에요. 봄이 되어 얼음이나 눈이 녹아 산과 들과 나무로 흐르는 물을 말합니다. 봄의 싱싱한 기운을 비유적으로 이르는 말이기도 합니다. '봄물이 도네' '봄물이 올랐네'처럼요. 아무래도 봄과 물은 각별한 사이인가 봅니다. 숲속을 흐르는 계곡물처럼 눈에 보이는 봄물도 있고, 나뭇가지 속에서 격렬하게 움직이는 눈에 보이지 않는 봄물도 있어요. 겨우내 얼었던 물이 녹아 나무 끝마다 연둣빛이 감돌고 야생화는 저마다 새싹을 틔우니 여기저기 봄이 돌고 있습니다. 봄은 물과 함께 오는 것인가 봅니다. 이 하이쿠를 읽는데 졸졸 흐르는 소리까지 함께 들려오는 듯해요. 날이 풀리고 물이 돌아야 겨우내 얼었던 생물들이 자라기 시작하는 자연의 이치는 동서고금을 막론하고 지구상 어디나 마찬가지일 겁니다.

이 한 줄 시는 오사카를 무대로 활동한 오니쓰라鬼貫 (1661~1738)의 작품입니다. 도쿄 스미다강 근처 후카가

와에 암자를 짓고 활동한 바쇼에 견주어, '동쪽의 바쇼·서쪽의 오니쓰라'라 불리며 추앙받은 시인이지요. 오니쓰라는 『혼잣말』獨言이라는 수필에 이렇게 썼습니다. "좋은 시란, 말에 기교가 없고 모습에 꾸밈이 없이 그저 물 흐르듯 졸졸 읊으며 그 마음에 깊이가 있는 것이다." 과연 오니쓰라가 지은 이 시 역시 여기저기 봄물이 흐르는 봄날 풍경을 있는 그대로 수수하게 읊어 한 줄로 스케치한 듯합니다.

이 시에서는 키레지가 가장 마지막에 붙었네요. 제가 '~구나'라고 번역한 원문의 '카나'哉도 하이쿠에서 자주 쓰이는 언어의 매듭입니다. '~인가' '~일까'와 같이 번역할 수도 있습니다. 키레지를 중간에 넣어 한 차례 호흡을 끊는 방법이 있는가 하면, 이렇게 끝까지 쭉 이어 노래한 뒤 마지막에 넣어 영탄의 효과를 내며 물 흐르는 듯한 흐름을 자아내기도 합니다.

눈과 얼음이 녹는 초봄, 경복궁 서측 마을 서촌 끝자락 수성동 계곡에 앉아 물소리를 들으면 돌이 재잘재잘 노래하는 듯해요. 오니쓰라도 비슷한 노랫소리를 들었나 봅니다. 이런 시를 남겼어요.

계곡물이여

돌도 노래를 한다

산속 벚나무

たにみず いし うたよ やまざくら
谷水や石も歌詠む山桜

이 한 줄 시에서는 카미고, 즉 첫 말인 계곡물에 매
듭이 붙었습니다. 원문은 '야'ゃ'로 '~이여'라는 탄식이
죠. 명사나 동사나 형용사 뒤에 붙여 주기만 하면 절로
탄식을 자아내는 형태가 만들어진답니다. 맨 첫머리부
터 단어 하나를 던져 놓고 읽는 이로 하여금 집중하게
한 뒤 주변 풍경을 노래하는 기법입니다. 봄의 계절어로
는 '산속 벚나무'(야마자쿠라)를 썼네요. 돌이 콸콸 노래
하는 듯한 계곡가에 한들거리는 작고 연한 벚꽃. 따뜻한
계절을 반기며 살랑살랑 분홍빛 꽃잎이 흔들리다 곧 지
기까지를 한 줄 시로 담았습니다. 이처럼 하이쿠는 인상
적인 어느 한순간을 노래합니다. 찰나가 반짝입니다.

그리는 것은

다만 한길로 나는

제비로구나

思ふ事ただ一筋に乙鳥かな

청명한 하늘을 직선으로 가로질러 날아가는 제비가 보이니 어느덧 봄입니다. 나쓰메 소세키夏目漱石(1867~1916)도 그 제비를 보고 있네요. 봄날, 한길로 똑바로 하늘을 날아가는 새를 보며 자신도 올곧게 나아가겠노라고 다짐하였을까요. 다른 길로 눈을 돌리지 않고, 그저 스스로 선택한 한 방향만을 간절히 생각하며 똑바로 나아가자. 수많은 작품을 써 낸 소설가에게도 만년필을 들었지만 도망치고 싶고, 이 길이 맞나 고민이 되고, 다른 길이 훨씬 더 편하고 좋아 보이는 그런 순간이 있었을 거예요. 처마 밑에서 지지배배 분주한 제비처럼 머릿속이 복잡하다가도, 돌연 시원스레 쭉 뻗어 하늘을 날아오르는 제비에게 자신의 다짐을 투영한 시입니다.

이처럼 하이쿠에는 각 계절의 동물과 식물의 모습에 자신의 심경을 담는 경우가 많습니다. 자연은 인간의 마음과는 아무런 상관 없이 해야 할 일을 알고 가야 할 길을 알며 저마다의 규칙대로 착착 움직입니다. 인간은 그런 자연을 보며 배움과 깨달음을 얻곤 하지요. 봄날 제비의 힘찬 날갯짓에 마음을 실어, 나도 저렇게 한길로 나아가고 싶다는 소세키의 소박한 다짐이 제 마음으로도 쓱 날아드는 듯해요. 이 한 가닥 마음이 좋아서, 제 책상 앞에 이 시를 써서 붙여 두었습니다. 시공을 초월한 시의 힘입니다.

소세키의 다른 봄날 하이쿠도 살펴볼까요.

나비 떠나자
다시금 옹크리는
새끼 고양이

<ruby>蝶<rt>ちょう</rt></ruby> 去ってまた <ruby>蹲踞<rt>うずくま</rt></ruby>る <ruby>小猫<rt>こねこ</rt></ruby>かな

만물이 움츠렸던 어깨를 펴고 봄바람을 만끽하는
시기가 오면, 햇살 아래 장난치는 새끼 고양이가 유난히
자주 눈에 띕니다. 귀여워서 가까이 다가가면 깜짝 놀라
자동차 바퀴 뒤로 숨어 버리는데, 봄날의 햇살을 빼앗은
건 미안하지만 저는 그만 가던 길을 멈추고 그 녀석과
숨바꼭질하고 싶어집니다. 『나는 고양이로소이다』라는
소설로 고양이에게 발언권을 주며 문단에 데뷔한 소세
키도, 어느 봄날 나비와 노는 새끼 고양이를 보며 이 시
를 지었을 겁니다. 마당으로 팔랑팔랑 나비가 날아드는
모습이 신기해 폴짝폴짝 뛰어오르며 장난치던 새끼 고
양이는, 나비가 가 버리자 다시금 자기가 누웠던 툇마루
구석으로 가서 동그마니 옹크립니다.

나른한 봄날 오후, 나비와 새끼 고양이의 그림자까

지 보이는 듯해요. 그걸 보는 소세키의 시선까지 지금 직접 눈으로 보듯 생생합니다. 한 폭의 그림 같네요. 이처럼 타인의 경험을 내 것처럼 느낄 수 있는 것이 예술의 묘미이겠지요.

특히 하이쿠는 미술 작품을 볼 때와도 비슷한 느낌을 우리에게 선사합니다. 짧은 글이기에 보자마자 단번에 이미지가 떠올라요. 시를 쓴 누군가의 눈으로 들어간 듯한 현장감이 있습니다. 그래서 옛사람들은 종이에 하이쿠 한 수를 쓰고 어울리는 그림을 그려 벽에 걸어 놓거나 엽서로 만들어 친구에게 보내기도 했습니다.

제 강아지 연필은 베란다 난간에 앉은 까치를 잡겠다고 뛰어다니더니, 지금은 길쭉한 연필처럼 몸을 쭉 뻗고 잠이 들었네요. 그 모습을 보며 저도 한 수 지어 보겠습니다.

강아지 연필
꿈속은 몽글몽글
아지랑이여

잠든 강아지 연필 뒤로 아물거리는 아지랑이 그림자가 봄날 꿈처럼 느껴집니다. 글씨 쓰는 도구인 연필은 길쭉하고 딱딱하지만 꿈을 꾸는 강아지 연필의 머릿속은 아지랑이처럼 몽글몽글 몰랑하겠지요. 연필은 저와 함께 사는 강아지 이름이기도 하지만, 인간이 글을 쓰는 도구이기도 합니다. 요즘은 컴퓨터 자판을 더 많이 사용하지만 연필은 여전히 글쓰기를 상징하지요. 애초에 그래서 강아지 이름을 그렇게 지었죠. 아무튼 저의 글이 틀에 갇히지 않고, 연필 끝을 통해 자유롭게 꿈꾸듯 피어오르기를 바라는 주문이라고 생각하니 더욱 애틋하게 한 자 한 자 읽어 보게 되네요. 하나의 낱말에 두 가지 의미를 넣는 중의법은 중세 시대 와카에서도 즐겨 사용한 기술인데요, 와카에서 파생한 하이쿠에서도 중의법을 찾아볼 수 있습니다. 바쇼의 이 하이쿠처럼요.

동풍 불어와
이리저리 머리칼
버드나무여

あち東風や面々さばき柳髪

봄날 동쪽에서 불어오는 동풍을 '코치'라고 해요. 그런데 '이리저리, 여기저기'를 뜻하는 '아치코치'라는 단어가 있어요. 바쇼는 동풍의 '코치'와 저리의 '코치'를 엮어서 이 시를 지었습니다. 이처럼 하나에 여러 뜻을 가진 단어를 이용한 수사법을 '가케코토바'掛詞라고 합니다. 일본어는 동음이의어가 많은 언어라 오래전부터 이를 이용한 시가 많았어요. 예를 들어 '카미'는 신神, 머리칼髮, 종이紙라는 세 가지 의미심장한 뜻을 가진 말입니다. '타비'도 여행旅, 때度, 일본식 버선足袋이라는 뜻을 담고 있어요. 제 강아지 '연필'도 일종의 가케코토바가 되겠습니다. 놀이처럼 이런저런 동음이의어를 찾아보는 일도 한 줄 시를 쓰는 데 도움이 됩니다.

봄날의 비여

이야기하며 가는

우비와 우산

<ruby>春雨<rt>はるさめ</rt></ruby>やものがたりゆく<ruby>蓑<rt>みの</rt></ruby>と<ruby>傘<rt>かさ</rt></ruby>

봄비가 대지를 촉촉이 적십니다. 날이 따스해서 살갗으로 톡톡 튀는 빗방울이 그리 차갑지 않고, 나뭇잎 이파리에 투둑투둑 떨어지는 빗소리가 상쾌하게 귓가에 울립니다. 그런 봄비 속을 우비와 우산이 나란히 걸어갑니다. 무슨 이야기인가를 소곤소곤 나누며 걸어가고 있을지도 모르겠습니다. 세상은 봄비로 경쾌하게 싹을 틔우고, 그 속을 걷는 두 사람은 그들만의 세계 속에서 서로의 대화에 여념이 없습니다. 사람과 사람이 이야기하며 간다면 당연하게 여겨지겠지만, 우비와 우산이 이야기하며 간다고 하니 의외성이 발생해 재치 있는 한 줄 시가 되었습니다. 우비와 우산 속에는 분명 사람이 있겠으나 그 존재가 생략되어 있으니, 사물이 대화를 나누는 만화처럼 여겨져서 재미있습니다.

　어릴 때부터 그림을 배운 화가이자 문인인 부손蕪村(1716~1784)의 한 줄 시입니다. 빗속에 떠오르는 선명한 인상을 자연과 융합시켜 회화적으로 표현했어요. 이러한 회화성은 부손 하이쿠의 특징입니다. 부손은 에도시대 사람이니 도롱이蓑(미노)라는 단어를 썼지만, 요즘에는 다들 우비를 입으니 저는 '우비와 우산'으로 번역해 보았습니다. 비를 뜻하는 '우'雨가 반복되면서 라임이 살아나 더욱 귀여운 한글 한 줄 시가 만들어졌네요.

강아지 연필 군은 밖에 비가 와도 아랑곳하지 않고 어서 나가자고 저를 재촉합니다. 연필 군은 네 발로 걷느라 우산을 들 수 없으니 우비를 입고 산책해요. 저는 물론 우산을 쓰고요. 아마도 누군가 멀리서 연필과 저를 지켜본다면 부손의 시 속에 나오는 우비와 우산 커플이 되겠습니다. 키 차이는 꽤 나겠습니다만. 연필 군은 입 대신 눈으로 말하기 때문에 '눈빛 맞추며 가는 우비와 우산' 정도가 될 거예요. 발걸음을 맞추며 가기도 하고요. 내친김에 또 한 수 지어 봅니다.

두 발과 네 발
발걸음을 맞추는
우산과 우비

어떤가요. 5·7·5의 음수율도 딱 맞으니 더욱 기분이 좋습니다. 그림은 잘 못 그리지만 우산을 든 저와 우비를 입은 연필의 뒷모습을 그려서 시와 함께 벽에 붙여 두고 싶네요. 두 발은 우산을 들었고 네 발은 우비를 입었지만 둘도 없는 단짝처럼 발걸음이 척척 맞습니다. 비오는 날 동네 산책길을 걷다 보면 자주 마주치는 풍경이에요. 저런, 그런데 방금 제가 지은 이 하이쿠에는 계절어가 없네요. 괜찮습니다. 예외적으로 계절어를 넣지 않는 하이쿠도 있으니까요. '무키無季 하이쿠'라고 부른답니다. 계절이 없는 한 줄 시가 되겠습니다. 연필과 저는 사시사철 발걸음을 맞추며 걷는 우비와 우산입니다.

　부손의 봄날 하이쿠를 조금 더 살펴볼까요. 멋과 재치가 담긴 꽃 스케치를 감상해 보세요.

굶주린 새가

꽃잎 먹다 꽃 지네

산벚나무여

飢鳥の花踏みこぼす山ざくら

신발 떨구는

소리만 남은 빗속

동백꽃인가

沓おとす音のみ雨の椿哉

모란이 지며

부딪히고 포개져

꽃잎 두세 장

牡丹散て打かさなりぬ二三片

홍매화 꽃잎

지면서 타오르네

말똥 위에서

<ruby>紅梅<rt>こうばい</rt></ruby>の<ruby>落花<rt>らっか</rt></ruby><ruby>燃<rt>もゆ</rt></ruby>らむ<ruby>馬<rt>うま</rt></ruby>の<ruby>糞<rt>くそ</rt></ruby>

구름 마시고

꽃을 잔뜩 토한 듯

요시노산

<ruby>雲<rt>くも</rt></ruby>を<ruby>呑<rt>のん</rt></ruby>で<ruby>花<rt>はな</rt></ruby>を<ruby>吐<rt>はく</rt></ruby>なるよしの<ruby>山<rt>やま</rt></ruby>

버들강아지

빛줄기에 닿으니

봉긋해지네

<ruby>猫<rt>ねこ</rt>柳<rt>やなぎ</rt>日輪<rt>にちりん</rt></ruby>にふれ<ruby>膨<rt>ふく</rt></ruby>らめる

봄날 강가를 걷다 보면 복슬복슬 물이 오른 버들강아지가 바람에 한들거리며 반짝이는 모습이 보입니다. 자연물을 순수하고 서정적으로 그린 하이쿠 시인 야마구치 세이손山口靑邨(1892~1988)은 햇살이 드리워 버들강아지가 도톰하게 부풀어 올라 봉긋해지는 모습을 관찰하여 이런 한 줄 시를 썼습니다. 조그마한 사물일지라도 무언가를 집중하여 오래 보다 보면 이처럼 섬세하고 미묘한 아름다움을 발견할 수 있습니다.

강아지의 도톰한 꼬리가 연상되어 우리는 '버들강아지'라고 부르는 버드나무 꽃을, 그네들은 '고양이버들'猫柳(네코야나기)이라고 부르는 게 참 재미있습니다. 같은 사물을 보면서 우리는 강아지 꼬리를 연상하고, 그들은 고양이 꼬리를 연상하나 봅니다. 아무래도 역사적으로 강아지보다 고양이가 더 친숙한 나라니까요. 고양이를 가리키는 '네코'라는 단어의 어원이 '네루寝る(자는) 코子(아이)'라는 설도 있을 정도입니다. 잠든 아기처럼 소중하게 고양이를 바라보는 모양입니다. 한 손을 들고 손님을 불러들이는 고양이 인형 '마네키네코'는 일본 어느 가게에서든 쉽게 볼 수 있고요. 오른손을 든 고양이는 돈을 불러오고 왼손을 든 고양이는 손님을 불러오는데, 양손을 다 든 욕심쟁이 고양이는 미움을 받는다고 합니다.

제 강아지 연필은 밀양에서 올라온 점박이 시골 강아지입니다. 연필은 정말로 꼬리가 버들강아지처럼 빛줄기를 받으면 봉긋해지기 때문에, 저는 버들강아지라는 단어를 참 좋아합니다. 하지만 고양이를 좋아하는 분이라면 버들강아지를 보며 고양이버들을 떠올리셔도 좋겠습니다. 다람쥐버들이나 사슴버들처럼 본인이 좋아하는 동물, 혹은 자신이 본 모양에 따라 각기 다른 단어를 가져와서 새로운 단어를 만들어 보는 것도 즐거운 시적 활동이겠네요. 나만의 즐겁고 귀여운 언어들을 수집하는 거죠.

인간이란 같은 사물을 보고도 제각기 다른 단어를 떠올리는 존재라는 사실이 재미있습니다. 똑같은 풍경을 바라보더라도 누구는 바닥을 기어가는 개미를 보고, 누구는 하늘을 가로지르는 직박구리를 보며, 누구는 손을 잡고 걸어가는 엄마와 아이의 뒷모습을 봅니다. 인간은 모두 각자가 관심 있고 흥미 있는 것에 시선이 먼저 가고 또 그런 걸 떠올리기 마련이니까요. 그래서 한 줄 시는, 나아가 글은 그걸 지어 낸 사람을 오롯이 드러낸다고 하겠습니다.

개미의 행렬

구름 위 산봉우리

이어져 있네

蟻の道雲の峰よりつづきけり

모기, 파리, 매미, 벼룩 등 곤충을 소재로 한 줄 시 짓기를 즐겼던 잇사一茶(1763~1828)는 이런 시를 남겼습니다. 자연계의 미물도 까마득히 높은 구름 위 산봉우리와 맞닿아 있다는 발상은 우리에게 많은 걸 생각하게 합니다. 아무리 작고 소소한 것이라 할지라도 태산처럼 까마득히 높은 것과 이어져 있음을, 단 하나의 풍경, 단 한 줄의 시가 말해 줍니다.

한 줄 시를 읽는다는 것, 또 한 줄 시를 쓴다는 것은 세상을 향한 호기심의 발현입니다. 시인들은 자신이 쓸 수 있는 모든 감각을 총동원하여 자신이 바라보는 생명과 사물의 영혼에 다가가고자 합니다. 이는 대상을 향한 사랑 없이는 불가능하겠지요. 그 출발은 언제나 호기심입니다. 좋아하는 것에 호기심을 품고 오래오래 관찰하다 접근하게 되는 예술. 그래서 시를 읽고 쓰는 행위는 아이의 눈처럼 순수함을 유지하도록 해 줍니다. 삶에 찌들거나 세상에 변질되지 않고, 자연 속에서 태어난 모습

그대로에 다가가게끔 도와주지요. 아무리 긴 시간이 흘러도 한 줄 시가 탄탄한 생명력을 유지하는 이유는 거기 있을 겁니다.

줍는 것마다

모두 움직이누나

봄날의 갯벌

拾ふものみな動く也塩干潟

봄날의 갯벌에 가 본 적이 있나요? 겨우내 꽁꽁 얼었던 흙 속에서 꿈틀꿈틀 온갖 생명이 몸부림치며 봄맞이에 나서고, 갯벌 속 조개며 농게며 낙지며 갯지렁이가 보드라운 흙을 밀고 숨을 쉽니다. 살아서도 죽어서도 바쇼의 명성에 버금간다는 여성 하이쿠 시인 치요조千代女 (1703~1775)가 남긴 한 줄 시입니다.

가가번(오늘날 이시카와현) 맛토라는 바닷가 마을에서 태어난 시인은 어린 시절 맨발로 봄날의 갯벌에 달려들어 갖가지 생물을 줍고는 했겠지요. 3월부터 6월경이 갯벌에서 조개를 줍기 좋은 계절이라고 합니다. 줍는 것마다 제각기 모두 살아 움직이고 있음에 감동하는 시인의 마음이 읽는 이로 하여금 순수한 동심을 일깨우게 합니다. 이 시에서 키레지는 '~누나, ~도다'를 뜻하는 '나리'也입니다. 일곱 자 뒤에서 끊어 주었어요.

줍는 것마다 모두 움직이는 것은 무엇일까? 그런 궁금증이 마지막 다섯 자에서 완전히 풀립니다. 봄날의 갯벌엔 무엇이든 활기차게 꿈틀대고 있을 겁니다. 그저 바닷가에 사는 여자아이의 경험담일 뿐인데, 제 맘까지 살아 있음에 술렁이게 되네요. 봄날 생명을 줍는 감촉이 제 손바닥에도 전해집니다. 문득 날이 풀린 갯벌로 달려가고 싶게 만드는 한 줄 시입니다.

치요조는 여섯 살 때부터 시를 썼습니다. 딸의 비범한 재능을 알아본 아버지가 일찍부터 하이카이俳諧 교육을 시켰어요. 하이쿠의 전 단계인 하이카이는 10세기경 나타난 골계와 재치가 강조된 시와 산문입니다. 홋쿠, 렌카, 산문 등을 모두 아우르는 장르였는데, 훗날 바쇼가 5·7·5로 이루어진 홋쿠를 강조하며 보다 개인적이고 깊이 있는 시로 발전시켰고, 근대 들어 마사오카 시키가 이 홋쿠에 하이쿠라는 이름을 붙였습니다. 표구 만드는 일을 했던 치요조의 아버지에게 멀리 내다보는 안목이 있었던 걸까요. 여성 하이쿠 시인으로 한 시대를 풍미한 치요조의 시를 조금 더 감상해 봅시다.

봄비 내리네
아름다운 것들이
하나 가득히

春雨やうつくしうなる物ばかり

나의 옷자락
새들도 노닌다네
설날 때때옷

我裾の鳥も遊ぶやきそはじめ

소도 일어나

찬찬히 바라보는

제비꽃인가

<ruby>牛<rt>うし</rt></ruby>も<ruby>起<rt>お</rt></ruby>きてつくづくと<ruby>見<rt>み</rt></ruby>る<ruby>菫<rt>すみれ</rt></ruby><ruby>哉<rt>かな</rt></ruby>

수국 꽃잎에

물방울 그러모은

아침 햇살아

<ruby>紫陽花<rt>あじさい</rt></ruby>に<ruby>雫<rt>しずく</rt></ruby>あつめて<ruby>朝日<rt>あさひ</rt></ruby>かな

　생명을 사랑하는 따뜻함이 전해집니다. 18세기에 시인으로 두각을 나타낸 치요조는 이웃 나라 조선과도 인연이 있습니다. 임진왜란을 일으킨 도요토미 히데요시가 죽고 도쿠가와 이에야스가 쇼군이 되면서 에도 시대(1603~1868)가 열렸는데요, 이 시기 도쿠가와 가문은 서양을 향해 쇄국 정치를 펼치면서도 조선과는 새로이 친교를 맺어 1607년부터 1811년까지 총 12차례 조선통신사가 일본을 방문합니다. 500명에 달하는 조선인 관료들이 배를 타고 시모노세키에서 오사카로 들어가 교토를 지나 육로로 에도까지 가는 대장관이 연출되었지요. 외국인을 볼 일이 거의 없었던 당시 일본인들은 두

근두근한 마음으로 화려한 행렬을 맞이했을 겁니다. 아마도 나라의 큰 행사이자 축제였겠지요.

가가번주 마에다 시게미치는 치요조에게 이들 조선통신사에게 선물할 시 스물한 수를 가져오라는 명을 내립니다. 치요조는 기쁜 마음으로 족자 여섯 폭과 부채 열다섯 자루에 자신이 쓴 시를 직접 써서 상납합니다. 하이쿠가 처음으로 공식적인 자리를 통해 바다를 건너는 사건이었죠. 훗날 조선에 보낸 하이쿠 스물한 수를 새로 써 족자에 담아 집안의 가보로 남겼다고 하니 얼마나 뿌듯한 마음이었을지 상상이 갑니다. 그때 치요조가 조선통신사에 헌상한 시 가운데 한 수를 소개합니다.

죽순이어라
그날 하루 동안에
홀로 일어서

竹の子やその日のうちに独たち

어제까지 보이지 않던 죽순이 하루 사이에 우뚝 솟아 홀로 일어선 모습을 그대로 읊은 한 줄 시입니다. 우리네 삶 속에서도 어제까지 눈에 띄지 않던 무언가가 어느 날 갑자기 존재감을 드러내며 세상에 돋아나는 일이 있습니다. 분명 땅속에서는 수많은 몸부림과 준비가 있었겠지요. 그 힘이 느껴지는 한 줄 시를 치요조는 이웃 나라 조선에 선물했습니다. 죽순처럼 힘차고 의연하게 누구에게도 의지하지 않고 홀로 일어서자는 이 시가, 오늘을 사는 우리에게도 새삼 선물처럼 다가옵니다.

뿌리가 빨개

부끄러움이 많은

시금치

根が赤きこと恥かしきほうれん草

부끄러움 많은 생애를 보내 왔습니다.

이 말을 남긴 사람은 다자이 오사무입니다. 그의 대표작『인간 실격』의 첫 번째 수기 첫머리를 장식한 문장이지요. 부끄러움을 모르는 시대에, 어린 시절부터 성인이 될 때까지 자신이 저지른 부끄러운 짓들을 하나하나 쭈뼛쭈뼛 끄집어낸 고백체의 소설입니다. 누구나 부끄러운 짓을 저지르면 남들에게 숨기고 싶기 마련입니다. 자신은 고고한 척 굴면서 남의 부끄러움을 까발리는 데 혈안이 되는 것이 예나 지금이나 속세 인간의 심리죠. 다자이 오사무는 이를 고발하며 자기 육체를 스스로 십자가에 걸어 대중 앞에 내놓고는 결국 자살한, 슬픈 운명의 작가입니다.

시금치에서 부끄러움을 발견한 시인 스즈키 다카오 鈴木鷹夫(1928~2013)는 1948년에『인간 실격』이 막 출간되었을 때 스무 살이었습니다. 다자이 오사무는 책이 미처 나오기도 전에 세상을 떠났고 특히 젊은이들은 이 비운의 작가가 남긴 소설에 전율하며 열광했습니다. 스즈키는 아마도 책이 나오자마자 읽으며 그 시대 독자들의 열기를 온몸으로 받아들였을 테지요. 그래서일까요. 저는 이 시금치 하이쿠를 보자마자 다자이 오사무가 떠올랐습니다. 그동안 살아오면서 시장이나 집에서 셀 수 없이 시금치를 보았지만, 붉은 시금치 뿌리가 부끄러워서 빨개졌다는 생각은 한 번도 해 본 적 없어요. '너 자신의 부끄러움을 알라'는 메시지가 강력했던 전후 일본에서 태어난 시로구나, 하는 생각이 듭니다. 시금치도 아는 부끄러움을 모르는 사람이 많습니다. 자신의 부끄러움을 돌아볼 줄 안다면 남에게만 도덕적 잣대를 들이대며 이렇게 해라, 저렇게 해라 말할 수 없겠지요. 예수도 스스로 부끄러움이 없는 자만이 저 여인에게 돌을 던지라고 말했습니다. 성경까지 돌아보게 만드는 한 줄 시입니다.

초봄의 꽃샘추위를 이겨 내고 얼었다가 녹기를 거듭하며 자란 시금치는 뿌리가 더욱 붉고 맛이 좋다고 합니다. 푸른 이파리를 삶아 참기름에 조물조물 버무린 고소한 시금치 무침도 봄날 침샘을 자극하는 기분 좋은 반찬이지요. 부끄러움을 아는 시금치를 먹으면 우리도 우리 자신의 부끄러움을 알게 될까요. 얼굴에 철면피를 쓴 뻔뻔한 사람을 만나 화가 나는 일이 생긴다면 욕을 하기보다는 시금치 한 다발과 이 시를 적은 종이를 보내면 어떨까요. 저도 부끄러운 일을 저질렀을 때는 시금치 파스타라도 해 먹으며 이렇게 중얼거릴까 합니다. 시금치도 아는 걸 너는 왜 모르니. 이제라도 알았으니 되었다. 다시는 그러지 말자.

다 거짓말이라며

봄은

달아나 버렸다

みんな嘘にして春は逃げてしまつた

그토록 화려하고 아름다웠던 봄도, 청춘도, 인생도 언젠가는 사라집니다. 작은 새처럼 잡으려고 손을 뻗는 순간, 멀리 달아나 버리고 말지요. 자유율 하이쿠를 쓰는 시인 산토카山頭火(1882~1940)의 널리 알려진 한 줄 시입니다. 산토카는 어느 봄날 일기에 다음과 같이 썼어요.

— 마셨다, 걸었다, 걸었다, 마셨다 — 그리고 오늘이 오늘 밤이 지나가 버렸다, 그저 그뿐, 생사거래生死去來는 역시 생사거래 안에 있습니다.(1932년 4월 16일 조금 흐림)

생사거래. 삶과 죽음이 가고 옴과 같다는 뜻입니다. 단순하고 간결하지만, 이것만큼 분명한 진리가 또 있을까요. 낮이 가면 밤이 오고 젊음이 가면 늙음이 오듯이, 인간의 삶과 죽음도 왔다가 가는 움직임 속에 있다는 불변의 법칙을 우리는 종종 잊고 삽니다. 모든 것이 오고 가는 와중에 있다는 진리를 잊고 살기에 어쩌면 괴로움이 더 괴롭고, 슬픔이 더 슬픈지도 모릅니다. 떨쳐 내기 어려운 고통, 슬픔, 미움이 있다면, 이렇게 중얼거려 보는 것도 나쁘지 않을 겁니다. "다 거짓말이라며 너는 달아나 버렸다."

　사랑, 연인, 가족, 오랜 꿈, 우정, 희망, 성공, 명성 등
도 봄의 자리를 대신할 수 있어요. 우리가 간절히 원하
던 무언가, 아끼고 애지중지하던 무언가, 뭐든 좋겠지
요. 그것이 무엇이든, 얼마나 소중하든, 언젠가는 사라
집니다. 우리 자신의 생명이 그러하듯이요.

　시인 산토카는 평생 고단한 삶을 살았습니다. 열 살
때는 어머니가 우물에 뛰어내려 자살했고, 스무 살 때는
와세다대학(당시 도쿄전문학교 고등예과)에 입학했지만
극심한 신경쇠약으로 그만두어야 했습니다. 그 뒤로는
아버지와 함께 양조업을 시작하는데, 사업이 망해 집안
이 파산하면서 아버지는 행방불명되고 남동생은 자살
했으며 부인과는 이혼합니다. 그런 와중에 서른 살 무렵
부터 산토카라는 필명으로 여러 잡지에 하이쿠를 발표
했습니다.

　산토카라는 이름은 육십갑자에서 갑술과 을해에
해당하는 이름인데 시인은 자신의 생년월일과는 관계
없이 그저 이 단어가 좋아서 선택했다고 밝혔습니다. 화
장터의 불 혹은 불타오르는 화산이라는 뜻도 있지요. 산
토카는 자신의 필명처럼 불길과 용암이 분출하는 화산
과 같이 기존의 법칙들을 마구 무너뜨리며 창작욕을 발

휘합니다. 주로 5·7·5 음수율을 무너뜨린 자유율 하이
쿠와 계절어를 넣지 않는 무키 하이쿠를 썼어요. 마흔
살부터는 정처 없이 길을 떠나 시를 쓰며 걸인 일기를
남겼습니다. 그 일기 마지막 장에 다음과 같은 글이 남
아 있습니다.

> 예술은 진심이자 믿음이며, 진심이자 믿음의 최고봉
> 에는 감사의 마음이 있다. 바로 그 감사의 마음에서
> 태어난 시가 아니면 진정으로 사람의 마음을 움직이
> 지 못한다. (중략) 기분이 좋다면 내게는 그곳이 언제
> 나 축제의 장이다. 기도하는 마음으로 살고 기도하는
> 마음으로 죽자. 그곳에 무량한 광명과 생명의 세계가
> 나를 기다리리라. 순례의 마음이 곧 나의 고향일지
> 니.(1940년 10월 8일 맑음)

진정한 시를 창조하기 위해 모든 걸 버리고 하이쿠
하나 쓰기를 고집하며 살아온 산토카는 이 글을 남기고
사흘 뒤인 1940년 10월 11일 생을 마감합니다. 산토카
의 삶은 이후 여러 드라마나 만화로도 만들어졌지만, 저
는 그가 남긴 수필 속 한 구절로 그를 기억합니다. 아마
도 일생에서 불행의 끝을 맛본 자만이 할 수 있는 말일

테지요.

불행을 행복으로 바꾸는 유일한 방법은 그 불행을 끝까지 맛보는 것이다.(『생의 단편』生の断片, 1914)

2
여름날의 한 줄 시

시
원
한

바
람
에

은
은
히

울
리
는

풍
경

소
리
로

여름날 눈과 귀를 시원하게 해 줄 공감각의 세계로 들어
가 봅니다. 우리를 감싸듯 아름답게 울리는 한 줄 시의
소리를 느껴 보세요. 아울러 하이쿠의 다양한 구조도 알
아봅니다.

풍경 소리의

한가운데 있어라

저녁의 마음

_{ふうりん} _{おと} _{なか} _{ゆう}
風鈴の音の中なる夕ごころ

여름날 저녁. 유리로 만든 작은 풍경이 창가에 걸려 있고, 열린 창문 너머로 실바람이 불어 들며 맑고 고운 소리가 방 안에 울려 퍼집니다. 그 소리에 문득 고개를 들어 창밖을 내다보면 멀리 하늘에 붉게 노을이 지고 있어요. 아, 벌써 저녁이구나. 낮 동안 뜨거웠던 대지가 초저녁 산들바람에 땀을 식힙니다. 풍경이 울리는 한가로운 어느 여름 저녁을 만끽하는 마음이 고스란히 담긴 고토 히나오後藤比奈夫(1917~2020)의 한 줄 시입니다.

이 시에는 두 가지 소재가 등장합니다. 첫 번째 소재는 풍경 소리, 두 번째 소재는 저녁의 마음입니다. 이처럼 한 줄 시는 두 가지 소재를 배합하여 만드는 경우가 많습니다. 먼저 [풍 경 소 리 의] [한 가 운 데 있 어 라]를 살펴볼까요. 풍경 소리를 한 번이라도 들어 본 사람이라면 '풍경 소리의 한가운데 있다'는 표현에 공감하겠지요. 방에 앉아 있으면 맑고 청아한 소리가 귓가에 아련하게 울리며 바람의 방문을 알립니다.

저는 이 시를 읽으며 몇 년 전 공동으로 한옥 작업실을 쓸 때 주인장 언니가 처마 밑에 걸어 두었던 풍경 소리가 떠올랐어요. 초여름 한옥 처마 끝에 풍경을 걸던 소설가의 뒷모습과 첫 바람이 불어 첫 풍경이 카랑, 하고 울렸을 때 둘이 같이 손뼉을 치며 좋아하던 날들까지 떠오르네요. 그때 우리는 바람 손님과 함께, 확실히 풍경 소리의 한가운데 있었습니다.

그런데 이 시의 시인은 그 뒤에 [저 녁 의 마 음]을 가져왔습니다. 풍경은 물론 아침에도 울리고 대낮에도 울리고 저녁에도 울리고 새벽에도 울리겠지요. 한 줄기 바람만 있다면 카랑, 하고 울리기를 서슴지 않습니다. 하지만 시인은 이 시를 쓰면서 초저녁에 풍경 소리를 들었고, 그 순간 '아, 벌써 저녁이네' 하고 느낀 것이죠. 하루가 저무는 시각, 조금은 아쉽고 조금은 쓸쓸하며 조금은 느긋하게 땀을 식히는 순간, 귓가에 울리는 은은한 풍경 소리가 좋구나, 아름답구나, 그렇게 느꼈기에 붓을 들었을 거예요.

그런데 만약 이 마지막 구절이 '아침의 마음'이나 '한낮의 마음' '별밤의 마음'이라고 해도 전혀 이상하지 않을 겁니다.

풍경 소리의
한가운데 있어라
아침의 마음

풍경 소리의

64

한가운데 있어라
한낮의 마음

풍경 소리의
한가운데 있어라
별밤의 마음

어떤가요. 충분히 있을 법한 시가 되지요. 하지만 시의 분위기가 달라지지 않았나요. 풍경 소리 한가운데서 아침을 맞이하는 마음은 분주하고 힘차며 어딘지 희망의 기운으로 가득 차 있습니다. 풍경 소리를 들으며 아침을 준비하는 마음이랄까요. 열린 창문 너머로 맑고 상쾌한 아침 바람이 부는 걸 보니 오늘도 분명 즐거운 하루가 되겠다는 생각이 들지도요. 샤워하고, 머리를 말리며, 출근 준비를 하는데, 열린 창틈으로 바람이 살랑 불며, 풍경이 울렸을 때, 그런 아침의 마음이 풍경 소리 한가운데 생겨나겠지요. 한낮의 불볕더위 속에서 풍경이 울렸다면 그야말로 오아시스와 같은 바람이 방 안으로 불어 들어왔다는 의미일 테니 바람의 방문이 더욱 시원하지 않을까요. 아아, 고마운 바람. 그런 혼잣말이 절로 나올 겁니다. 더없이 반가운 풍경 소리입니다. 여름을 대표하는 소리와 이미지라고도 하겠습니다. 풍경이 울리는 별밤의 마음은 로맨틱합니다. 불 꺼진 방 안에 별빛이 비쳐 들고, 가끔 은은하게 카랑, 울리는 풍경은 별과 달과 바람까지 데리고 꿈속으로 찾아옵니다. 가장 잔잔하고 감미로운 소리처럼 귓가에 울리네요. 이처럼 한 줄 시는 어떤 두 소재를 묶느냐에 따라 시를 읽는 사람의 마음도 조금씩 달라진다는 게 재미있습니다.

풍경초風鈴草라는 꽃도 여름의 계절어입니다. 이 식물의 꽃이 풍경을 닮았다고 해서 붙은 이름이에요. 6월에서 8월 사이에 연보랏빛 혹은 하얀색 종 모양의 꽃이 핍니다. 우리말로 번역하면 초롱꽃 정도일까요. 초롱은 촛불이 바람에 꺼지지 않도록 겉에 씌운 천을 말하지요. 종종 여름날 길가에서 만나는 귀여운 초롱꽃은 어디선가 딸랑딸랑 소리라도 들려올 것처럼 정말로 종 모양을 많이 닮았어요. 여러 송이 무리 지어 피기에 그 소리가 더욱 은은하게 번지듯 들려오는 것 같습니다.

하지만 풍경초와 초롱꽃이 비슷하기는 해도 학명이 동일하지는 않습니다. 모양도 약간 달라요. 풍경초는 캄파눌라 메디움, 초롱꽃은 캄파눌라 푼크타타. 캄파눌라는 라틴어로 작은 종이라는 뜻이랍니다. 둘 다 종 모양 꽃을 피우는 캄파눌라지만 초롱꽃은 고개를 숙이고 피고 풍경초는 고개를 바짝 들고 피어요. 초롱이 늘어지는 모양이라면 풍경은 단단해서 고개를 빳빳이 세울 수 있잖아요. 그들이나 우리나 꽃 이름 하나도 여간 심혈을 기울여 짓는 것이 아니로군요.

일본에서는 초롱꽃을 호타루부쿠로蛍袋, 반딧불 주머니라고 부른답니다. 옛날에는 이 꽃 속에 반딧불이를 넣고 불을 밝혔대요. 초롱꽃은 여전히 길가 여기저기서 볼 수 있지만, 반딧불이는 요즘 거의 볼 수 없는 귀한 녀석이죠. 여름철 물가나 풀숲에 나타나요. 제가 반딧불이를 처음 본 건 15년 전쯤 와세다대학 근처 어느 고즈넉한 호텔에서였습니다. 저랑 같이 문학을 공부하던 우크라이나 유학생 친구가 그 호텔 정원에 반딧불이를 풀어놓는 행사를 하니까 보러 가자고 해서 따라갔다가 수풀 가득 꿈처럼 날아다니는 반딧불이 무리를 보았어요. 눈을 감으면 신비롭게 어두운 수풀 속을 깜박깜박 날아다니던 작은 빛들이 보이는 듯해요. 문득 그 친구, 생각이 나네요. 전쟁으로 황폐해졌을 그 친구의 땅과 포탄을 피해 피난 다니고 있을지도 모를 그 친구의 가족을 생각하니 남 일 같지 않네요. 언제쯤이면 지구상에서 전쟁이 사라질까요.

만나고파서

반딧불 주머니에

불을 켠다네

逢ひたくて蛍袋に灯をともす

(이와부치 키요코岩淵喜代子)

②

【 매미 | 蝉 】

고요하구나

바위에 스며드는

매미의 울음

閑さや岩にしみ入る蝉の声

초등학교 교과서에도 실린 바쇼의 유명한 여름 하이쿠입니다. 어찌나 한가한 여름날인지, 들려오는 소리라고는 맴맴 우는 매미 소리뿐입니다. 딱딱한 바위에 스며들 정도로 매미가 요란스럽게 울고 있는데, 바쇼는 어째서 [고 요 하 구 나]를 가져왔을까요?

우선 이 한 줄 시의 구조를 살펴보겠습니다. 이 시는 처음 다섯 자에서 끊어 주었습니다. '고요하구나'로 번역한 '시즈카사야'閑さや에서 '야'가 이 시의 중간 매듭인 키레지입니다. 이처럼 어딘가 한 구절을 끊어 주며 매듭을 짓는 것으로 리듬감이 살아난다는 건 앞서 봄날 편에서도 언급했지요. 그런데 바쇼는 지독하게 시끄러운 매미의 울음소리를 들으며, 상반되게 쥐 죽은 듯이 고요한 한여름의 인간 세상에도 주의를 기울입니다. 왜 다들 그런 여름날 경험이 있지 않나요. 푹푹 찌는 무더운 날, 사람들은 너무 더워서 집 밖으로 나가기를 꺼립니다. 그러니 거리는 한산하지요. 개도 고양이도 그늘에 누워 헉헉대고 있습니다. 밖에 나온 이들도 크게 웃거나 떠들 기력이 없어요. 땀을 뻘뻘 흘리며 말없이 발걸음을 옮기기에도 힘이 드니까요. 그렇게 무더운 여름날이면 귓가에 들리는 것이라곤 오로지 매미 우는 소리뿐입니다. 그 소리가 어찌나 격렬한지 단단한 바위에 새겨질 것만 같아

요. 귀청이 떨어지도록 시끄러운 매미 소리에 대비되어 인간 세상은 오히려 멈춘 듯이 고요합니다.

만약 '고요하구나' 대신 '시끄럽구나'가 들어가 있었다면 어떨까요.

시끄럽구나
바위에 스며드는
매미의 울음

어쩐지 귀가 따가워 짜증이 섞인 느낌이네요. 시적 묘미가 전혀 느껴지지 않습니다. 이처럼 한 줄 시에서는 전혀 상반된 혹은 전혀 예측하지 못한 두 단어의 조합 덕분에 여유와 즐거움이 생겨납니다. '고요함'과 '매미의 울음'이라는 상반된 조합이 재미를 더한 것이죠. 명사와 형용사가 지닌 상반된 소리, 색감, 감정, 이미지가 시에 운동성과 역동성을 가미하기도 합니다.

한편 바쇼는 늦여름 매미 소리를 들으며 이런 시도 남겼습니다.

곧 죽을 듯한
기색은 안 보이네

매미의 울음

やがて死ぬけしきは見えず蝉の声

　매미는 짝짓기를 하고자 온 힘을 다해 웁니다. 자기가 거기 있다는 사실을 세상에 원도 한도 없이 속 시원히 알리고는 생을 마감하지요. 죽기 직전까지 바위에 새겨질 만큼 큰 소리를 냅니다. 그 소리만 들어서는 곧 죽을 생물처럼 보이지 않지요. 이 시는 매미라는 하나의 소재만을 담았습니다. 열일곱 자 안에 매미가 지닌 가장 놀랍고도 위대한 특징 한 가지를 담았어요. 하지만 이 한 줄에 매미라는 생명체의 영혼과 정체성이 다 담겨 있는지도 모르겠습니다. 이처럼 하이쿠는 하나의 소재만으로 짓기도 하고, 두 가지의 소재를 대립 혹은 배합해 짓기도 합니다.

폭포 떨어져

군청 빛깔 세계가

고동치누나

<ruby>瀧<rt>たき</rt></ruby><ruby>落<rt>お</rt></ruby>ちて<ruby>群青世界<rt>ぐんじょうせかい</rt></ruby>とどろけり

한여름 숲속의 폭포만큼 시원한 음색이 또 있을까요. 미즈하라 슈오시水原秋櫻子(1892~1981)는 3대 폭포 가운데 하나인 나치 폭포를 보며 이 한 줄 시를 지었습니다. 와카야마현에 자리한 이 폭포는 오래전부터 신성시되어 신사를 세워 기리고 있으며 유네스코 세계유산으로 지정된 명승지이기도 해요.

저는 이 시를 읽으며 설악산 토왕성 폭포가 떠올랐습니다. 몇 년 전인가 여름에 외설악 봉우리 꼭대기에서 떨어져 내리는 어마어마한 높이의 토왕성 폭포를 처음 봤을 때, 그 아름다움에 심장이 멎을 것만 같았죠. 그야말로 군청 빛깔 세계가 고동치는 장관이었습니다. 토왕성 폭포는 물길이 마르면 그 모습을 잘 보여 주지 않기로 유명한데, 제가 오른 날은 마침 전날 비가 와서 구름 밑으로 거대한 폭포가 쏟아져 내리고 있었습니다.

산을 오르는 중간중간에 작은 폭포와 용소가 많았고 초록으로 우거진 숲속은 청량한 폭포 소리로 가득했어요. 그런데 아무리 올라도 정상은 보이지 않고 가장 높은 곳에 있다는 토왕성 폭포는 멀기만 했죠. 그냥 포기하고 갈까? 함께 오르던 동생과 수십 번은 그런 말을 나누었지만 조금 쉬다 보니 또 올라갈 힘이 생기더군요. 가다 쉬다를 반복하다 보니 오기가 생겨 조금만 더

가 보자, 조금만 더, 하다가 마침내 토왕성 폭포를 마주했습니다. 한여름 설악산의 탐스러운 군청 빛깔과 산꼭대기 중간쯤 끼어 있는 흰 띠구름과 물안개, 우락부락한 바위와 용의 비늘처럼 우둘투둘하게 생긴 주변 돌들을 뚫고 쏟아져 내리는 폭포의 위용에 한동안 벌어진 입을 다물 수 없었어요. 폭포와 숲과 바위와 그 틈에 낀 이끼와 산에 사는 모든 생명체가 한 덩어리로 고동치고 있었습니다. 그중 가장 크게 고동친 건 그 모두보다 저라는 존재와 가장 가까이 있는 제 심장이었습니다.

누구나 마음속에 깊이 각인된 폭포가 하나쯤은 있을 거예요. 아직 없다면 분명 앞으로 살면서 마주하게 될 겁니다. 이 한 줄 시는 읽는 이의 마음에서 가장 특별한 폭포를 끄집어내는 힘이 있습니다. 그것은 아마도 시인이 바라본 폭포 역시 그의 인생에 아주 특별한 힘을 심어 주었기 때문일 겁니다. 한 줄 시를 읽는다는 건 이런 것입니다. 내 마음속에서 아주 특별한 것 하나를 끄집어내는 일. 그리고 이를 음미하는 마음의 시공간을 제공하는 일. 강렬한 인상을 남기는 예술이기에 가능한 일일 겁니다.

누워 들으면

옛날 옛적을 우는

모기로구나

寝て聞けば遠き昔を鳴く蚊かな

여름밤, 불을 끄고 누워서 자려는데 돌연 불청객이 찾아올 때가 있지요. 위이잉. 새끼손톱보다도 작은 모기의 날갯짓 소리가 온 세상을 지배할 것처럼 크게 들려 잠을 이룰 수 없습니다. 벌떡 일어나 불을 켜고 잡으려 해도 금세 어디론가 숨어 보이지 않네요. 포기하고 도로 불을 끄고 누우면 다시, 위이이이잉. 얼굴 주위를 맴도는 서라운드 사운드. 급기야 녀석이 앉은 곳으로 추정되는 제 뺨이며 이마며 정수리를 찰싹, 찰싹, 때려 보아요. 그러나 얼얼한 아픔만 남을 뿐 어둠 속의 소리는 계속됩니다. 위이이이잉, 위이이이잉. 아아, 잠은 다 잤다.

하이쿠 시인 오자키 호사이尾崎放哉(1885~1926)는 모기가 옛날이야기라도 들려준다고 생각하기로 한 모양입니다. 옛날 옛적에 호랑이 담배 피우던 시절에……, 마치 어둠 속에서 할머니가 해 주는 이야기에 귀를 기울이는 아이처럼 모기 이야기에 귀를 기울이는 인간의 모습을 담은 호사이의 하이쿠입니다.

정말로 모기는 우리들의 할머니의 할머니의 할머니의 할머니 시절부터 잠이 들고자 어둠 속에 누운 사람들의 귓가에 수많은 이야기를 해 왔을 테지요. 모기를 나타내는 한자蚊가 벌레虫와 글文로 이루어진 만큼, 모기는 정말로 수많은 글자를 흩뿌리며 재밌는 이야기를 무진장 알려 줄지도 모릅니다. 그렇게 모기를 긍정해 보기로 할까요.

실제로 저는 도쿄에서 모기가 많기로 유명한 야나카 무덤가 근처에 살면서 『모기 소녀』라는 동화를 쓴 적이 있는데, 그 뒤로는 모기에게 물려도 크게 가렵지 않았어요. 진짜예요. 제가 모기들의 엄마……라는 생각이 있었기 때문인지도 모르겠어요.

모기에게서 옛날이야기를 듣고자 했던 오자키 호사이도 사연이 많은 시인입니다. 돗토리현 출신으로 지방의 수재였던 그는 활발하게 도시가 형성 중이던 메이지 시대에 상경하여 도쿄제국대학 법학과에 입학했습니다. 졸업하고는 보험회사에 입사해 촉망받는 엘리트의 길로 들어섰지요. 출세가도를 달리며 호화롭게 살던 호사이는 어느 날 갑자기 그동안 자기가 이룬 모든 걸 버리고 대학 시절부터 써 오던 하이쿠 쓰기에 몰두합니다. 아내마저 그를 떠난 뒤에는 절에 살면서 무소유를 생활화하며 가난하고 외롭게 시를 썼어요. 자유로운 영혼답게 계절어가 들어가야 한다는 법칙이나 5·7·5라는 정형적인 틀에서 벗어난 자유율 하이쿠를 썼지요. 봄날의 시에서 언급했던 산토카가 호사이의 영향을 많이 받았습니다. 바다를 좋아했던 호사이는 세토내해에 있는 인구 2만의 작은 섬 쇼도시마에서 지내며 짧은 생애 동안 시만 써 내려갔습니다. 호사이가 남긴 자유율 하이쿠들을 감상해 보겠습니다.

기침을 해도 나 혼자

咳をしても一人

무덤가 뒤뜰을 돈다

墓のうらに廻る

한 사람의 길이 어두워졌다

一人の道が暮れて来た

쓸쓸하네 잘 때 볼 책이 없다

淋しい寝る本がない

풀피리여

흘러가는 구름은

가고픈 대로

＼ 　　くさぶえ　くも　　なが
　　　草笛や雲の流れはほしいまま

어린 날에는 동생과 함께 오래된 아파트 단지 풀밭에 들어가 놀고는 했습니다. 길쭉하고 넓적한 풀을 뜯어 돌돌 만 다음 입에 대고 가만히 불어 보면, 피이이, 피. 가늘고 연약한 연둣빛 풀피리 소리가 났다가 끊어졌습니다. 그런 날이면 하늘은 푸르고, 구름은 바람 따라 이리저리 흘러갔죠. 풀피리와 구름. 전혀 관련이 없어 보이지만 어쩐지 맥이 닿는 두 소재입니다. 청각과 시각이 살아 움직이는 이 시는 구스모토 겐키치楠本憲吉(1921~1988)가 쓴 어느 멋진 여름날의 한 줄 시입니다.

풀피리여. 네 음절이네요. 원문의 '야'ゃ라는 키레지를 살려서 '~여'라고 번역하고 나니 다섯 자에서 한 자 모자란 지타라즈가 되었습니다. 하지만 웬만하면 5·7·5에 맞추고 싶은 저는 '풀피리여 —'와 같이 '~여' 뒤에 보이지 않는 장음을 붙여서 읽어 달라고 여러분께 청하고 싶네요. '풀피리여(어)'처럼요. 어때요, 긴 여운이 있는 장단이 느릿느릿 흘러가는 구름과 잘 어울리지 않나요.

어릴 때는 늘 어디론가 떠나고 싶었습니다. 하지만 내일 학교에 가야 하고, 막상 떠나려고 보면 돈이 없고. 차비에, 숙박비에, 식비에, 집 떠나면 다 돈이지요. 하지만 그래도 떠나고 싶어서 어쩔 줄 모르는 이놈의 역마살은 결국 저를 스물일곱에 가방 하나 달랑 들고 이웃 나라로 떠나게 했습니다. 그때 마음 닿는 대로 무작정 떠나고 싶다는 그 마음이 제 인생을 바꾸었어요.

이 한 줄 시를 읽는데, 문득 저의 20대가 떠오릅니다. 이제 저는 40대, 지금은 풀피리도 불지 않고 자유로운 구름처럼 가고픈 대로 흘러가지도 않습니다. 하지만 이 시가 지닌 감수성만큼은 제 안에 흐르고 있습니다. 여러분의 삶 속에도 저마다 이 시에 공감하는 추억이 한 조각쯤 있지 않을까요. 문득 어디론가 여행을 떠나고 싶네요. 이 한 줄 시에서 은은하게 들려오는 풀피리 소리에 이끌려 어디로 발길을 옮겨 볼까 궁리해 봅니다.

소학관에서 발행한 『어린이 계절어 사전』를 펼쳐 보니 어김없이 풀피리가 실려 있습니다. 정말이지 귀여운 여름의 계절어입니다. 삐삐, 풀피리 부는 소리는 어딘지 그리운 음색입니다. 아이들을 위한 사전에는 어떤 설명과 한 줄 시 예시가 실려 있을까요.

풀피리【草笛·くさぶえ】

풀로 만든 피리입니다. 이파리를 입술에 대거나 줄기를 더해 불면 소리가 납니다. 풀의 종류나 잎의 모양에 따라 다양한 소리가 납니다. 요령을 익히지 않으

면 소리가 나지 않지만, 익숙해지면 곡을 연주할 수
도 있습니다. 아주 오랜 옛날 어린이와 어른도 풀피
리를 불며 놀았을 거예요.

풀피리 부는
얼굴 가득 햇살이
반짝반짝해

草笛をふく顔に日がちかちかと

(호시노 다쓰코星野立子)

여동생을
울렸던 그 옛날
풀피리

いもうとを泣かせしむかし草の笛

(야마가미 기미오山上樹実雄)

무지개 뜨니

어느새 그대 여기

있는 듯하네

虹立ちて忽ち君の在る如し

다카하마 교시高浜虚子(1874~1959)가 쓴 사랑의 하이쿠입니다. 여름날 하늘에 수증기가 빛을 반사하여 만들어지는 무지개는 세상에 존재하는 여러 신비로운 현상 가운데서도 가장 아름다운 것이 아닐까요. 종종 비 온 뒤 문득 올려다본 하늘에 무지개가 걸려 있으면 저도 모르게 와, 탄성을 지르며 한참을 바라보곤 합니다. 뭐랄까, 하늘이 말을 걸어 오는 것 같아요. 안녕, 잘 지내니. 문득 네가 보고 싶어서 들렀어. 곧 가야겠지만, 그래도 잠시라도 보고 가려고.

그렇게 다정하게 내게 다가온 무지개와 이야기를 나누다 보면 어느새 천공의 일곱 빛깔이 조금씩 옅어집니다. 나중에는 지상에 걸린 무지개 발만 남아 있기도 합니다. 아아, 벌써 떠나려고. 응, 아쉽지만 가야 해. 가기 전에 이 한마디는 꼭 전하고 싶다. 넌 너무 아름다워. 이 세상에서 제일 아름다워. 하하하, 고마……. 어느새 무지개는 떠나고 없습니다. 내게 올 때처럼 불현듯 사라져 버리고는, 언제 다시 만날지 기약도 없어요.

'당신, 그대, 너'라는 뜻의 '기미'君는 옛 시에서 애틋하게 사랑하는 이를 지칭합니다. 이 시를 지을 당시 교시는 전쟁으로 불타는 도쿄를 피해 나가노현으로 피난을 가 있었습니다. 보고 싶은 사람이 있어도 쉬이 볼 수 없었던 시절. 문득 하늘에 걸린 무지개를 보며 그리운 누군가가 무지개다리 건너 자신에게 다가오는 상상을 하였을까요. 덧없지만 간절한 그 마음이 시에서도 전해집니다. 당신에게도 간절히 보고 싶은 사람이 있나요. 무지개처럼 허무하게 금세 사라질지라도, 잠시라도 만나 얼굴을 보고 안부를 묻고 싶은 사람. 혹은 그런 동물이 있나요.

무지개 지니

어느새 그대 여기

없는 듯하네

虹消えて忽ち君の無き如し

앞의 시와 한 쌍으로 교시가 지은 시입니다. 무지개가 사라지니 언제 있었느냐는 듯이 그대는 여기 없습니다. 이렇게 뜨고 지는 자연 현상을 인간의 사랑에 빗대는 건 예나 지금이나 변함없네요. 교시는 이 한 쌍의 시로 기쁨과 슬픔, 반가움과 아쉬움이 교차하는 연애의 묘미를 반으로 접힌 데칼코마니처럼 표현했습니다.

마쓰야마 출신인 교시는 학창 시절 나쓰메 소세키가 마쓰야마 중학교 영어 교사로 부임해 왔을 때, 소세키의 집에 세 들어 살던 마사오카 시키를 필두로 한 하이쿠 모임에 참여하여, 한 줄 시의 기초를 다집니다. 훗날 하이쿠 잡지 『호토토기스』에 참여하여 순수하고 따뜻한 시선의 시로 남녀노소의 사랑을 받은 시인이지요. 선배인 시키가 '사생'写生을 주장했다면 교시는 한발 더 나아가 '객관 사생'客観写生을 이야기했습니다. 자연물을 섬세하게 묘사하는 객관 사생에 숙련되다 보면, 어느새 작자의 개성이 글 속에 배어 숨기려 해도 숨길 수 없게 된다는 내용이었어요.

객관 사생은 하이쿠 수업의 첫걸음으로 꼭 연마해야 하는 과정이다. 이는 꽃이든 새든 그것을 있는 그대로 그리는 것을 말한다. 꽃이 핀 시기의 모양과 형태와 색깔을 섬세하게 포착해 읊는다. 마음과는 거의 관계가 없다. 그러나 이를 반복하다 보면 어느 틈엔가 꽃과 새가 마음에 가까워지고 마음속에 녹아들어, 마음이 움직이는 대로 꽃과 새가 움직이고, 마음이 느끼는 대로 꽃과 새가 느끼게 된다. 그렇게 되면 꽃과 새의 색이나 형태를 묘사하면서 작자 자신을 그리게 되는 것이다. ……같은 사과 한 개를 그리더라도 그리는 사람마다 달라 그 사람이라는 느낌을 숨길 수

없다. 하이쿠도 마찬가지로 쓰는 사람에 따라 독자가
받는 감정이 다르다. 이는 곧 형태를 그릴 뿐만 아니
라 그 작자 자신을 그리는 일이다.(『하이쿠의 길』俳句へ
の道, 1955.)

인간의 얼굴을 이렇게 그려야지 생각하고 그린 그림
은 재미가 없다. 어떤 사람의 얼굴이라는 것도 잊고,
그저 눈에 비치는 선, 울퉁불퉁함, 빛, 그늘, 특히 그
림을 그리는 사람이 느끼는 감정을 소중히 하며 사생
한다면 훌륭한 작품이 나오리라.(『다쓰코에게』立子へ,
1949.)

교시의 여름 하이쿠를 조금 더 감상해 볼까요.

망아지의 코
부풀어 움직이니
샘구멍인가

駒の鼻ふくれて動く泉かな

헤엄친 아이
물을 뚝뚝 흐리며

물건 찾는다

<ruby>泳<rt>およ</rt></ruby>ぎ<ruby>子<rt>こ</rt></ruby>の<ruby>潮<rt>しお</rt></ruby>たれながら<ruby>物探<rt>ものさが</rt></ruby>す

거미로 태어나

줄을 치지 않으면

아니 되어라

<ruby>蜘蛛<rt>くも</rt></ruby>に<ruby>生<rt>う</rt></ruby>まれ<ruby>網<rt>あみ</rt></ruby>をかけねばならぬかな

숲속의 나무

맑은 잎사귀 소리

하지 빗방울

山の木の葉音さやかや夏至の雨

연중 낮이 가장 긴 하지는 여름의 꼭짓점이라고도 하겠습니다. 하지가 지나면 다시 조금씩 밤이 길어지며 동지를 향해 나아가니까 계절의 기운이 상승에서 하강으로 크게 꺾이는 분기점이지요. 와시타니 나나코鷲谷七菜子(1923~2018)가 이 한 줄 시를 지었을 때는 하짓날 비가 내린 모양입니다.

나나코는 비 내리는 여름 숲속을 걸으며 나무마다 가득 달린 잎사귀에 빗방울이 똑똑 떨어지는 소리를 듣고 있네요. 분명 마음속까지 깨끗하게 씻기는 듯한 맑고 청명한 빗소리였을 겁니다. 한여름의 소리입니다. 이 한 줄 시를 읽으며 빗소리를 듣는데 코끝으로 짙은 나무 향이 밀려오는 듯합니다. 제가 가장 좋아하는 냄새예요. 여름 숲이 내뿜는 냄새. 비가 내리면 그 향기가 더욱 짙어져서 그 속에 있는 인간까지 푸르러지는 듯한 착각이 듭니다.

계절어 사전에서 하지 항목을 열어 보겠습니다.

하지【夏至·げし】
24절기 중 하나로 태양의 황도가 90도에 달할 때. 양력 6월 21일 무렵이며 북반구에서는 연중 낮이 가장 길다.

어젯밤 하지

지축이 삐걱대는

소리가 끼익

夏至ゆうべ地軸の軋む音少し

(와다 고로 和田悟朗)

하지의 날에

손발이 환해져서

눈을 떴다네

夏至の日の手足明るく目覚めけり

(오카모토 히토미 岡本眸)

늘 느끼는 것이지만 우리가 서 있는 거대한 땅이 조금씩 움직이고 있다는 사실은 정말이지 신비로워요. 낮이 가장 길어지는 날 아침, 문득 평소보다 일찍 손발이 환해지고, 밤에는 다시 지축이 반대로 도는 소리가 들리니 시인의 눈과 귀만큼 민감한 것이 또 있을까요.

하지 즈음하여 찾아오는 것은 장마입니다. 습하고 끈적한 공기가 살갗에 달라붙고, 하늘은 꾸물꾸물 먹구름을 몰고 오며 비가 왔다 그쳤다를 반복합니다. 장마도 훌륭한 여름의 계절어이지요. 하지와 마찬가지로 우리나라에서도 흔히 쓰는 낱말입니다. 그런데 계절어 사전을 펼쳐 보니 장마에 연관된 단어가 무려 열일곱 개나 추가로 적혀 있네요.

장마【梅雨·つゆ】

매실비·梅雨·ばいう 곰팡이비·黴雨·ばいう 거친장마·荒梅雨·あらづゆ 남자장마·男梅雨·おとこづゆ 긴장마·長梅雨·ながつゆ 장마습기·梅雨湿り·つゆじめり 앞장선 장마·走り梅雨·はしりづゆ 미리장마·迎へ梅雨·むかえづゆ 끝물장마·送り梅雨·おくりづゆ 다시장마·戻り梅雨·もどりづゆ 푸른장마·青梅雨·あおつゆ 장마달·梅雨の月·つゆのつき 장마별·梅雨の星·つゆのほし 장마구름·梅雨の雲·つゆのくも 장마천둥·梅雨の雷·つゆのかみなり 장마흐림·梅雨曇り·つゆぐもり 장마노을·梅雨夕焼·つゆゆうやけ

장마 하나로도 이렇게 파생된 명사가 많답니다. 모두 여름철 장마의 계절어입니다. 푸른 장마는 파릇파릇하게 자라나는 초여름 식물에 장맛비가 푸르게 떨어지는 모습을 이릅니다. 장마달은 장마 진 밤에 생각지도 못하게 하늘에서 찾아낸 황홀하게 빛나는 달을 뜻해요.

장마별도 마찬가지, 그런 별입니다. 꾸물꾸물 여기저기 곰팡이가 필 것만 같은 습한 장맛날 밤, 선물처럼 찾아온 달과 별이니 더욱 반갑겠지요.

다음은 바쇼가 장마철에 쓴 한 줄 시입니다.

내리는 음에
귀에도 신맛 나네
매실 빗소리

降る音や耳も酸うなる梅の雨

장마를 뜻하는 '쓰유'는 매화 매梅 자에 비 우雨 자를 씁니다. 매실이 익어 가는 무렵에 내리는 비라고 해서 그렇게 불러요. 우메보시梅干し라고 부르는 매실장아찌를 주먹밥에도 넣고 오래전부터 즐겨 먹는 이들다운 단어입니다. 바쇼도 우메보시를 좋아한 모양이지요. 장맛비 소리를 듣는데 매실의 새콤한 맛이 떠올라 귀에서도 신맛이 난다는 재미있는 한 줄 시를 남겼네요.

여름 끝자락

무수한 소리들이

사랑스러워

<ruby>夏<rt>なつ</rt></ruby>了<ruby><rt>おわ</rt></ruby>るあまたの<ruby>音<rt>おと</rt></ruby>を<ruby>愛<rt>いと</rt></ruby>しむや

여름은 소리로 작별 인사를 합니다. 철썩철썩, 풍덩, 첨 벙, 쏴쏴, 맴맴, 후드득후드득. 바닷가의 파도 소리는 내 년 여름에 다시 만나기를 기약하는 친구 같아요. 태양 아래 풀장으로 뛰어드는 소리며, 깔깔거리면서 물놀이 하느라 여념이 없는 아이들 소리, 뜨거운 열기를 뿜어낼 것만 같은 매미 소리도 끝나 가는 여름방학처럼 아쉽게 귓가에 울리죠. 폭포의 우렁찬 소리를 들으며 무더위를 식히다가 긴 장마 전선이 다가와 하늘 가득 먹구름이 후 드득후드득 굵은 빗방울을 떨어뜨리면, 아, 이제 곧 여 름도 가는구나 싶어 더욱 귀를 쫑긋 세우게 됩니다. 떠 날 채비를 하는 것들은 모두 이렇게 사랑스럽습니다. 가 키모토 다에柿本多映(1928~)의 한 줄 시입니다.

저는 동네 실내 수영장을 다니며 매일 운동한 지 5년쯤 되었습니다. 봄, 여름, 가을, 겨울, 어느 계절에나 수영을 하지만 그중 여름에 뛰어드는 물이 제일 기분 좋 더라고요. 뜨겁게 내리쬐는 태양으로 정수리가 뜨끈뜨 끈 달아오르는 걸 느끼며 물속으로 들어갑니다. 꼼꼼 히 샤워한 다음 수영복으로 갈아입고 푸른 물속으로 풍 덩. 그 순간 저를 괴롭히던 고민이며 생각들은 사악, 물 에 녹아 사라져 버립니다. 남는 것은 머리끝부터 발끝까 지 제 몸을 감싼 차가운 액체의 일렁임뿐이죠. 발을 차고 팔을 휘저으며 앞으로 나아갑니다. 반짝이는 물결이 수경 너머로 보입니다. 찰랑이는 소리만이 귓가에 가득합니다. 아, 여름의 수영장은 얼마나 사랑스러운지요. 올여름의 끝자락에는 한강 야외 수영장에라도 풍덩 달려들어야겠습니다. 수영장에 다녀와 저도 한 수 읊어봅니다.

오늘도 풍덩
파란 물이 튀기니
인간 물고기

3
가을날의 한 줄 시

달
콤
쌉
싸
름
하
게

혀
끝
에

감
도
는

감
의

맛
으
로

가을은 만물이 열매를 맺는 추수의 계절이지요. 그래서
인지 음식 계절어가 많은 시기이기도 합니다. 눈과 혀를
모두 자극하는 가을날의 한 줄 시를 만나 볼까요.

떫을는지도

모르지만 감 열매

처음 따 보기

渋かろうか知らねど柿の初ちぎり

예전에 제가 살던 아파트의 경비 아저씨는 현관 옆 감나무에서 긴 장대로 감을 똑 따서 지나가는 사람들에게 나눠 주셨어요. 저도 한 알 받았는데 윤기가 좌르르 도는 주황색 알이 어찌나 큰지 아이처럼 두 손으로 감싸 쥐었던 기억이 납니다. 떫었는지 달았는지 맛은 알 길이 없어요. 온몸으로 가을을 발산하는 감이 너무 예뻐서 책상 위에 올려 두었는데, 감을 좋아하는 누군가가 홀랑 먹어 버렸거든요. 아마도 저는 '떫을는지도 몰라' 하는 불확실성을 별로 좋아하지 않는가 봅니다.

이 한 줄 시는 치요조가 쓴 것으로 알려졌지만 확실치는 않습니다. 어쩌면 다른 사람이 썼을지도 몰라요. 아무튼 이 시에는 민속 풍습이 담겨 있어서 가져와 보았습니다. 전국 각지에 있던 '감나무 문답'이라는 풍습입니다. 오래전에는 남녀가 서로를 알지 못한 채 혼사가 이루어지기도 했습니다. 그래서 첫날밤 신랑이 신부에게 감나무에 빗대어 의사를 물었다는군요. 당신 집 감나무에 감이 열렸습니까. 네, 열렸습니다. 제가 따도 되겠습니까. 네, 좋습니다…… 원문에서 마지막 다섯 자인 '하쓰치기리'初ちぎり는 두 가지 뜻이 있는 동음이의어입니다. '첫 수확'이라는 뜻도 있고 '처음의 약속, 맹세'라는 뜻도 있지요. 앞서 동풍의 시에서 언급한 수사법인

가케코토바입니다. 갑자기 발그레한 감나무 열매가 에로틱하게 느껴지네요.

그런가 하면 제철 과일을 맛있게 먹으며 평범한 일상을 노래한 한 줄 시도 있습니다.

삼천 수 되는
하이쿠 살펴본 뒤
감 두 개

さんぜん　はいく　けみ　かきふた
三千の俳句を閲し柿二つ

마사오카 시키正岡子規(1867~1902)는 가을이 되면 하루에 일고여덟 개나 먹을 만큼 감을 좋아했다고 합니다. 신문사에서 하이쿠 독자 투고 담당자로 일하던 그는 독자들이 보낸 수많은 시를 읽다가 문득 감 두 개를 깎아 먹었겠지요. 삼천 수와 달랑 두 개의 대비가 즐겁습니다.

저도 요즘 신문에 하이쿠를 소개하고 있습니다. 수백 년 세월 동안 쌓여 온 하이쿠의 바다에서 격주에 한 편씩을 고르는 일이지요. 바닷가에 흩어진 조개껍데기 가운데 제 눈에 제일 예쁘게 반짝이는 녀석을 고르는 일은 즐겁지만 매우 신중해야 합니다. 제철 과일이라도 먹

지 않으면 머리가 잘 돌아가지 않아요. 저는 감보다는
사과를 좋아하니,

　백 편이 넘는
　하이쿠 살펴본 뒤
　사과 반쪽

　정도가 될까요. 사과도 반쪽만 먹는 걸 보면 저는 시
키만큼 과일을 즐기지는 않나 봅니다. 제일 좋아하는 건
커피. 저는 커피 애호가입니다.

　하이쿠 열 편
　꿀떡꿀떡 읽으며
　쓴 커피 한 잔

이런 시도 지어 볼 수 있겠습니다.
　한편 마사오카 시키는 '내가 죽으면'我死にし後は이라
는 서문을 달고 이런 시도 남겼어요.

　감 좋아하는
　하이쿠 애호가라

불러 주기를

柿喰の俳句好みと伝うべし
(かきくい はいく この / った)

　자기가 죽으면 감을 좋아했던 하이쿠 애호가라고
불러 달라니, 얼마나 감을 사랑했으면 이런 시까지 지었
을까 몰라요. 사실 시키는 몸이 좋지 않았습니다. 나쓰
메 소세키와 고등학생 시절부터 친구였고 함께 도쿄제
국대학에 진학했지요. 영문과를 졸업하고 영국 유학까
지 떠나는 소세키를 시키는 몹시도 부러워했습니다. 학
창 시절 폐결핵을 앓는 바람에 국문과를 제대로 졸업하
지 못하고 고향으로 돌아가 요양해야 했으니까요. '시
키'라는 필명은 입안이 빨간 두견새를 이르는 '시키'에
서 따온 것입니다. 객혈하는 환자들이 스스로를 종종
'시키'라고 일컫곤 했지요. 시키가 중심이 되어 교시와
같은 후배 시인과 창간한 하이쿠 잡지 『호토토기스』도
피를 토하는 폐결핵 환자들을 우아하게 이르던 말로 '두
견새'를 뜻합니다. 이 잡지가 나쓰메 소세키의 데뷔 무
대가 됩니다. 시키도 소세키도 지쳐 쓰러질 때까지 노래
하는 새처럼 글을 썼답니다.

　감을 먹는데

종소리 들려오네

호류지

<ruby>柿<rt>かき</rt></ruby>くえば<ruby>鐘<rt>かね</rt></ruby>が<ruby>鳴<rt>な</rt></ruby>るなり<ruby>法隆寺<rt>ほうりゅうじ</rt></ruby>

시키의 하이쿠 가운데 가장 유명한 시입니다. 병세가 호전되자 시키는 마쓰야마에서 영어 교사를 하던 소세키에게 10엔을 꾸어 도쿄로 향합니다. 도중에 나라에 들러 달기로 유명한 나라현 고쇼시의 명물 고쇼감을 먹으며 행복한 기분에 젖어 있을 때, 근처 호류지라는 절에서 종이 울리지요. 이처럼 자신과 연관이 있는 특별한 고유명사를 사용하는 것도 하이쿠의 한 기법입니다. 읽는 사람은 호류지가 어디 붙어 있는 어떤 절인가 알지 못하지만 '그저 어쩐지' 그리운 마음이 듭니다.

누구나 본인의 혀를 통해 어떤 맛을 본 경험이 있을 테지요. 그 순간 들렸던 소리나 머릿속에 스친 생각, 나눴던 이야기, 창밖으로 내다본 풍경 같은 것들을 기억한다면 자기만의 소중한 추억이 될 겁니다. 한 줄 시를 읽는다는 건 이렇듯 누군가가 지닌 그립고 소중한 추억을 공유하는 일입니다. 유한한 인간의 생에서, 무한에 가까운 시간 동안 자신의 기억을 남기는 일. 한 줄 시란 그런 것일지도 모릅니다. 다음은 병상에 누워 몸도 제대로 가

눌 수 없었던 시키의 한 줄 시입니다.

감 먹는 것도

올해가 끝이라는

생각이 드네

柿_{かき}くふも 今年_{ことし}ばかりと 思_{おも}いけり

정말이지 감에 죽고 감에 사는 감의 시인입니다.

꽁치 굽는다

굴뚝의 그림자가

길어질 무렵

さんま焼くや煙突の影のびる頃

식탁에 올라오는 구운 생선도 한 줄 시의 훌륭한 재료가 됩니다. 석양이 뉘엿뉘엿 지며 건물의 그림자가 길게 드리울 무렵이면 구수한 생선 굽는 냄새가 날 때가 있지요. 여러분이 즐겨 굽는 생선은 무엇인가요? 각각의 생선마다 제철이 있고 바로 그 제철이 계절어를 나타냅니다. 삼치는 봄의 계절어이고, 고등어와 장어는 여름의 계절어, 갈치는 가을의 계절어예요. 시인이자 극작가인 데라야마 슈지寺山修司(1935~1983)는 꽁치 굽는 냄새를 맡으며 이런 한 줄 시를 지었습니다.

꽁치는 가을이 제철입니다. 살에 기름이 올라 가장 맛이 좋은 시기라고 해요. '삼마'라고 하는데 한자로는 가을 추秋, 칼 도刀, 물고기 어魚를 씁니다. 주둥이가 칼처럼 뾰족하고 길쭉한 가을날 생선이라는 뜻이 담긴 이름이겠지요. 주로 석쇠에 구워 레몬즙을 뿌린 뒤 강판에 간 무와 간장을 곁들여 먹습니다. 이렇듯 계절어에는 제철 음식이 많아서 혀를 즐겁게 합니다.

특히 꽁치는 서민의 식탁을 대표하는 음식입니다. 오즈 야스지로 감독의 영화 『꽁치의 맛』, 사토 하루오의 시 「꽁치의 노래」도 모두 서민적인 가족의 일상을 담담히 담은 작품입니다.

쓸쓸해라

가을바람이여

마음 있다면 전해 다오

—여기 한 사나이 있어

오늘 밤 홀로

꽁치에 밥을 먹으며

추억에 젖어 있다고.

(······)

꽁치, 꽁치,

꽁치의 맛이 쓴가, 짠가.

그 위에 뜨거운 눈물을 뚝뚝 흘리며

꽁치를 먹는 것은 어느 마을의 풍습이던가.

사토 하루오가 가을에 발표한 「꽁치의 노래」 일부
인데요, 한 사나이가 지난날을 후회하며 홀로 쓸쓸하게
밥을 먹는 장면이에요. 가을바람이 스산하니 꽁치 위에
도 외로운 눈물이 소금처럼 뿌려지나 봅니다. 이 시가
백여 년 전에 큰 사랑을 받으면서 꽁치는 쓸쓸한 가을바
람과 함께 서민적인 계절어의 대표 주자가 되었답니다.

하지만 저는 아무래도 꽁치처럼 호젓한 생선보다는 연어나 고등어처럼 혈기 왕성한 생선이 좋습니다. 내친김에 다른 생선 하이쿠도 살펴볼까요.

방금 사라진

무지개가 고등어

등에 걸렸네

今消えし虹秋鯖の背に立てり

　등 푸른 고등어의 무늬에서 무지개를 보았네요. 무지개라면 방금까지 하늘에 걸렸다가 잠깐 한눈을 파는 사이에 사라지곤 하잖아요. 방금 그 무지개가 하늘에서 내려와 내 앞에 고이 누운 고등어의 등에 걸렸다는 상상이 귀엽습니다. 이제 맛있게 구워서 무지개와 함께 먹어야겠네요. 이 즐거운 한 줄 시는 스즈키 마사조鈴木真砂女(1906~2003)의 작품입니다. 원문에는 '아키사바'秋鯖, 즉 '가을 고등어'라는 단어를 썼는데, 고등어의 제철은 뭐니 뭐니 해도 가을이지요. 가을에 잡은 고등어는 산란을 끝내고 겨울을 나기 위해 왕성한 먹이 활동을 해서 기름이 가득하고 살이 고소하다고 합니다.

잔물결 빛이
하늘로 솟구치네
힘찬 연어여

さざなみの光りは空へ鮭のぼる

연어도 가을의 계절어입니다. 우리가 잘 아는 것처럼 강물을 거슬러 올라가는 물고기지요. 하나타니 가즈코花谷和子(1922~2019)도 분명 연어의 그 위대한 여정을 보고 이 시를 지었을 겁니다. 유유히 흐르는 강물 속에서 연어가 물살을 거슬러 뛰어오르니 수면에 잔물결 빛이 반짝이며 하늘로 솟았겠지요. 시인은 강가에 서서 그 모습을 지켜보며 감탄하지 않았을까요. 가을에서 겨울에 걸쳐 산란기에 대이동을 하는 연어의 본능은 인간의 눈에 마법처럼 신비로운 힘으로 비치곤 합니다. 자연은 이토록 경이롭습니다. 그리고 한 줄 시는 더없이 간결하게 자연의 신비를 노래합니다.

가을 가지의

엉덩이 뽀득뽀득

소금 속으로

<ruby>秋<rt>あき</rt></ruby><ruby>茄<rt>な</rt></ruby><ruby>子<rt>す</rt></ruby>の<ruby>尻<rt>しり</rt></ruby>キチキチと<ruby>塩<rt>しお</rt></ruby>の<ruby>中<rt>なか</rt></ruby>

다른 나라에서 느낄 수 있는 즐거움 중 하나는 살면서 먹어 보지 못한 음식을 맛볼 수 있다는 점이겠지요. 특히 익숙한 재료를 상상하지도 못한 방식으로 조리해서 먹고 또 그 음식이 놀랄 만큼 입에 맞을 때, 그 행복은 배가 됩니다. 제게는 가지가 그랬어요.

가지를 통째로 소금에 절여 숙성시킨 뒤 먹기 좋게 잘라 먹는 '나스즈케'라는 가지절임은 일본에 갈 때마다 이자카야에서 꼭 시키는, 제가 제일 좋아하는 술안주입니다. 절임음식을 파는 가게에서 반찬으로 사 먹기도 했어요. 맨 처음 먹었을 때, 심심하게 소금기가 밴 가지를 한 입 베어 무니 상큼하고 시원하면서도 아삭아삭한 식감이 제 혀를 기쁘게 했지요. 생소한 맛인데도 저는 대번에 처음 만나는 가지와 사랑에 빠졌습니다. "가지가 이렇게 맛있을 수 있다니! 이렇게 뽀득뽀득한 상태로, 이렇게 깊고 은은한 맛이 난다니!"

그러니 이 한 줄 시가 반가울 수밖에요. 가을 가지는 유난히 달고 맛있어서 며느리도 주지 말라는 속담까지 있답니다. 그런 가지의 뽀득뽀득한 엉덩이가 소금 속에 들어가 숙성되는 순간을 그린 한 줄 시는 하이쿠 시인 하세가와 아키코長谷川秋子(1926~1973)가 썼습니다. 저런, 이 글을 쓰는데 벌써 입에 침이 고이네요.

한 줄 시에는 의성어나 의태어를 살린 경우도 종종 눈에 띕니다. 리듬이 살아 있는 소리와 반복적인 형태 묘사의 언어가 순간의 특징을 잘 잡아내기 때문입니다. 인간의 육감에 새겨진 생생한 언어이기에 읽자마자 저절로 이미지의 세계가 떠오르지요. 한 줄 시의 기교라고도 할 수 있겠습니다. 의성어, 의태어가 들어간 시를 더 살펴볼까요.

아지랑이에

쿨쿨 코를 고는

고양이인가

陽炎にくいくい猫の鼾かな
かげろう　　　　　　　　ねこ　いびき

(잇사一茶)

봄날의 바다

온종일 너울너울

굽이치누나

春の海ひねもすのたりのたりかな
はる　うみ

(부손蕪村)

114

펄럭펄럭
하늘로 솟는 부채
뭉게구름아

ひらひらと挙ぐる扇や雲の峰

(바쇼芭蕉)

뜰의 징검돌
톡탁톡탁 때리는
매실 푸르러

庭石にこつんこつんと梅青き

(사이토 니스이さいとう二水)

나풀나풀
달빛이 내려앉은
새싹 채소여

ひらひらと月光降りぬ貝割菜

(가와바타 보샤川端茅舎)

반짝거리는

한낮의 별 보이고

버섯을 심고

爛々と昼の星見え菌生え

순수한 작품으로 어린아이의 시선과도 같은 시의 새로운 세계를 연 것으로 평가받는 다카하마 교시高浜虛子 (1874~1959)의 유명한 작품입니다. 1944년 가을, 전쟁을 피해 나가노 지방으로 피난을 갔다가 1947년 가을, 원래 살던 가마쿠라로 돌아가면서 마을 사람들에게 이별의 노래로 읊은 한 줄 시입니다. 한낮의 반짝거리는 별은 어려운 시기에 자기 가족을 받아준 정들었던 사람들과 헤어지며 눈에 맺힌 눈물일까요. 눈물을 보이기가 부끄러워 늘 하던 대로 숲으로 가서 버섯을 심었을까요. 추운 지방인 나가노는 버섯 재배로 유명한 곳입니다. 하이쿠는 정확한 뜻을 알 수 없기에 더욱 신비롭습니다. 그러나 볼수록 귀엽고 어린아이처럼 마음이 몽글몽글해지는 시입니다. '보이고, 심고'라는 식의 병렬적인 구조는 하이쿠에서 흔치 않지만, 이렇게 매듭짓지 않고 계속 이어지는 구조가 영원히 끝나지 않을 동화와 같은 분위기를 자아냅니다.

교시의 다른 버섯 시는 조금 더 현실적입니다.

송이버섯을
들기 어려울 만큼
잔뜩 받았네

　교시가 떠난다니 귀한 송이버섯을 이 집에서도 주고 저 집에서도 주니 가마쿠라까지 들고 갈 수도 없을 만큼 산더미처럼 쌓입니다. 우리도 잘 아는 시골 인심입니다. 문득 오늘은 각종 버섯을 사다 넣고 뜨듯하게 버섯전골을 끓여 먹고 싶네요.

　일본어로는 버섯을 '키노코'라고 하는데요, 어원은 나무의 아이(木の子)에서 왔다고 합니다. '나무'를 키, '~의'를 노, '아이'를 코, 라고 발음하기 때문이죠. 가을에 숲속을 걷다 보면 나무 밑동이나 쓰러진 나무 기둥에서 자생하는 나무의 아이들을 종종 만나고는 합니다. 이웃 나라에서는 오래전부터 버섯을 아이라고 의인화하여 부른다는 걸 알고 나니 그냥 지나칠 수 없는 귀여움이 묻어나네요. 참나무, 떡갈나무, 상수리나무 등등에서 자라나는 나무의 아이들이 깊은 가을 숲속에서 뛰어놀다가 어느 날 문득 우리의 밥상으로 달려오는 모습을 상상하니 향긋한 버섯이 더욱 좋아집니다.

　아무도 없는
　햇살 드는 산속에

버섯 노니네

誰も来ぬ日の山中に茸あそぶ

(아오야기 시게키青柳志解樹)

가을에 나무에서 떨어지는 아이들이라 하면 귀여운 도토리도 빼놓을 수 없지요. 일본어로는 '동구리'라고 해요. 어원으로 여러 가지 설이 있는데 그중 한글인 '동글동글'이 한반도에서 건너갔다고 보는 견해가 있습니다. 동글동글하게 생긴 도토리가 바다 건너까지 굴러가 '동구리'가 되었을지도 모른다니 모자 쓴 도토리 군, 의외로 모험가네요.

도토리들이
자기 낙엽 사이에
파묻혔다네

団栗の己が落葉に埋れけり

(와타나베 스이하渡辺水巴)

하지만 실제 자연에서는 도토리가 떨어지면 그리 멀리 가지 못하죠. 일본에는 이런 속담이 있어요. 나무 열매는 자기 뿌리로 진다(木の実は本へ落つる). 세상 모든

일이 결국은 근본으로 돌아간다는 뜻이랍니다. 도토리가 자기 밑동으로 떨어지듯이 우리가 세상에 내놓은 모든 일도 결국은 우리 자신에게로 돌아오겠지요. 자연은 역시 인간 세상의 거대한 비유입니다. 아니, 우리가 결국은 자연의 일부라는 뜻이겠지요.

봄에 새싹을 내고 여름 동안 푸르게 자라서 가을에 낙엽을 떨어뜨리며 열매를 맺는 나무의 한 해 주기. 나무를 가만히 들여다보는 것만으로도 아름답고 신비롭습니다. 거의 모든 세상의 진리가 담겨 있어요. 이렇듯 자연을 가만히 들여다보는 일은 생각보다 우리의 마음을 풍요롭게 합니다. 또 때로는 자연과 내가 이어진 듯 느껴지기도 하고요. 무척 기쁜 어느 날, 좋아서 심장이 쿵쾅쿵쾅 뛰는데 나무에서 마구 떨어지는 꼬마 같은 열매들이 내 마음과 이어져 있다고 생각한 시인도 있었습니다.

기뻐하는데

쉼 없이 떨어지는

나무 열매여

よろこべばしきりに落つる木の実かな

(도미야스 후세이 富安風生)

자연과 나, 세상과 내가 이어져 있다. 그런 맘이 참 좋습니다. 혼자 있어도 외롭지 않고, 바라만 보아도 마음이 부자가 되는 기분입니다. 결실을 맺는 가을은 더욱 그렇죠.

가는 가을아

손을 활짝 벌리는

밤송이 껍질

行く秋や手をひろげたる栗の毬

늦가을 밤나무가 우거진 숲에 가면 흔히 볼 수 있는 모습이에요. 벌어진 밤송이를 보며 떠나는 가을을 향해 인사하는 활짝 편 손을 떠올리다니, 역시 하이쿠의 대가 바쇼답습니다.

그런데 우리가 읽을 땐 그저 지나가는 계절이 아쉬워 노래한 시 같지만, 바쇼에게는 한 가지 뜻이 더 있었습니다. 바쇼는 두 발로 걸어서 열도를 여행하며 시와 글을 쓴 방랑 시인이었지요. 이 시를 읊을 때는 이가伊賀 지방에 들렀다가 떠날 채비 중이었습니다. 가시 돋친 밤송이도 이가毬라고 합니다. 이가에서 만난 사람들과 헤어지며 석별의 정을 노래한 시예요.

제비붓꽃을
이야기하는 것도
여행의 하나

杜若語るも旅のひとつ哉

이 한 줄 시 역시 바쇼의 유명한 하이쿠 가운데 한 수인데요, 이 시 앞에는 '오사카에서, 어느 한 사람 앞으로'라는 서문이 붙어 있었습니다. 그 사람은 바쇼와 함께 시를 짓던 고향 친구로 가업을 물려받아 쭉 거기 살고 있는 야에몬이라는 사람이었어요. 친구여, 내가 멀리 고향을 떠나 이리저리 세상을 여행하고 있지만, 저기 저 길가에 핀 제비붓꽃 하나를 이야기하는 데에도 여행이 있구나.

바쇼의 고향은 바로 밤송이의 마을 이가였습니다. 이가는 오늘날 미에현의 일부로, 오사카에서 가까운 간사이 지역입니다. 바쇼는 이가국 우에노에서 태어나 스물아홉까지 살다가 멀리 에도(오늘날 도쿄)의 후카가와에 정착하여 사비寂び(오래되고 쓸쓸한 정취를 예술로 승화시킨 이념), 와비詫び(한적한 정취로 차도에서도 중요하게 여기는 이념), 가루미軽み(움직이는 현실에 맞게 한곳에 머무르지 않는 가벼움의 경지)로 대표되는 자신만의 깊이 있는 예술 세계를 열었습니다. 아울러 봇짐 속에 붓과 종이를 챙겨 넣고 전국 방방곡곡을 여행하며 시를 지었죠. 그런 바쇼가 고향 친구에게 띄운 시가 제비붓꽃의 속에도 여행이 있음을 이야기한 것이니 더욱 깊이 와닿는 바가 있습니다.

여행을 앓아
꿈은 마른 들판을
휘돌아 가네

길을 안 떠나면 앓아누울 지경으로 여행을 사랑하
면서도, 어디에도 정착하기 어려운 방랑자의 쓸쓸한 운
명이 느껴집니다. 바쇼가 세상과 작별한 해에 남긴 시입
니다. 여행길에서 병에 걸려 임종을 앞두고 꿈속에서 낯
선 들판을 헤매고 있으니, 병이 깊기는 깊었던 모양입니
다. '여행을 앓아'라는 표현 속에는 '여행하다가 길에서
병이 들다'와 '못 말리는 방랑벽이라는 병이 깊다'의 두
가지 뜻이 모두 숨어 있는 한 줄 시입니다. 한 사람의 인
생 전체를, 이렇듯 한 줄 시로 담을 수도 있군요. 바쇼는
그런 사람이었습니다.

바쇼가 처음 시를 배울 때는 골계미를 기반으로 여
러 사람이 이어서 짓는 긴 연작시 '하이카이'가 유행했
습니다. 바쇼도 하이카이를 쓰는 사람이 되기는 되었지
만, 기존에 없던 자기만의 철학적이고 깊이 있는 한 줄
시의 세계를 펼쳤습니다. 아마도 여행을 앓는 바쇼라는
존재가 없었더라면, 세계 문학사에 하이쿠는 남지 않았
을지도 모릅니다. 바쇼의 여행은 인류에게 큰 영향을 미
친 가장 위대한 방랑 가운데 하나가 아니었을까요.

나의 사랑은

사과가 그러하듯

아름다웠네

<ruby>我<rt>わ</rt></ruby>が<ruby>恋<rt>こい</rt></ruby>は<ruby>林檎<rt>りんご</rt></ruby>の<ruby>如<rt>ご</rt></ruby>く<ruby>美<rt>うつく</rt></ruby>しき

지나간 사랑을 반짝이는 사과에 빗대었습니다. 나카가와 도미조中川富女(1875~?)는 가을날 잘 익은 사과를 한 입 베어 물며 옛 추억에라도 잠기었을까요. 열매가 무르익는 계절인 만큼 가을의 계절어에는 과실이 많습니다. 사과, 배, 무화과, 밤, 대추, 감 등 광주리에 가득 담긴 과일마다 인간의 감정을 실을 수 있겠습니다만, 사과에는 어쩐지 사랑이 어울리네요. 둥글고 발그레한 형태가 두근두근하는 심장을 닮았기 때문일 겁니다.

과즙이 풍부한 배도 가을의 대표적인 과일입니다. 사과의 친구죠. 잘 익은 배는 입안 가득 시원하고 향긋한 즙을 퍼지게 하여 맑고 경쾌한 가을의 한가운데를 지나고 있다는 기분이 들게 합니다. 저희 할머니가 돌아가시기 전에 제게 해 주신 말씀이 문득 생각나서 한 줄 시로 읊어 봅니다.

나의 할머니
내 볼을 쓰다듬으며
연한 배 같네

갖가지 열매가 영그는 가을에는 맛있는 계절어가 많습니다. 에다마메(풋콩)도 파릇파릇하게 삶아 내놓으면 맥주 안주로 그만인데 가을이 제철입니다. 부드럽고 푸른 주머니를 손으로 까 속에 든 푸른 콩을 먹기 시작 하면 멈출 수가 없지요.

삶은 풋콩아

하늘로 한 뼘 던져

입에 넣는다

枝豆や三寸飛んで口に入る

(마사오카 시키正岡子規)

그냥 먹어도 맛있지만, 콩이나 땅콩과 같이 작고 동글동글한 음식은 시키처럼 하늘로 던졌다가 입으로 쏙 받아서 먹는 재미가 있습니다. 옛 척도인 1치(寸)는 3.03센티미터인데 3치면 대략 어른 손바닥 한 뼘의 길 이가 되겠지요. 원문의 3치를 이렇게 의역해 보았습니 다. 던지다 보면 점점 자신감이 붙어 세 뼘 다섯 뼘 열 뼘 까지 높이 던지게 돼요. 너무 높이 던지면 실패할 확률 이 높습니다. 하지만 올라가면 올라갈수록 가슴이 두근 두근해지면서, 좋았어, 어디 한번 해보자, 그런 의욕이 생기지요. 어릴 때 친구가 집에 놀러 오면 할머니는 검 은콩을 볶아주곤 하셨는데, 그때도 그렇게 놀며 까르르

까르르 웃던 기억이 나네요. 추억을 회상하며 이런 시도
한번 지어 봅니다.

떨어진 콩알
그때 굴러갔던 게
여기 있었네

종종 냉장고 밑이나 책상 아래 같은 데서 한참 지
난 콩알이 나오곤 했어요. 가을이면 땅속에서 영그는 땅
콩도 맛있습니다. 볼록볼록한 두 개의 방에 통통한 갈
색 땅콩이 한 알씩 잠들어 있고 껍질째 데친 땅콩을 입
으로 깨거나 손톱으로 눌러 열며 먹는 것도 참 고소하지
요. 저는 엄마랑 텔레비전 드라마를 보며 까먹고는 했는
데요, 장편소설을 읽으며 땅콩을 까먹은 시인도 있었습
니다.

삶은 땅콩을
까먹으며 읽는다
죄와 벌

落花生喰ひつつ読むや罪と罰

(다카하마 교시 高浜虚子)

끝날 듯 끝날 듯 끝나지 않는 기나긴 소설을 읽는 데
는 땅콩처럼 맛이 너무 강하지 않으면서 자꾸만 손이 가
는 견과류가 안성맞춤이지요. 러시아 대문호들의 장편
소설은 어쩐지 더욱 고소한 땅콩이나 아몬드가 어울릴
것 같습니다. 간간이 독주도 홀짝거려 볼까요. 날이 추
워지니 자기 먹이를 저장해 두는 다람쥐처럼 따뜻한 곳
에서 볼 재미있는 책을 저장해 두고 싶습니다. 그러고
보니 저는 다가오는 겨울 동안에 상하권으로 나눠진 긴
장편소설을 번역해야 하는데, 딱딱한 겉껍질이 그대로
남아 있는 햇땅콩 한 바가지와 호두를 사서 삶아야겠습
니다. 두뇌 회전에도 좋다니, 견과류를 먹으며 만들 훌
륭한 번역 결과물을 기대해 주세요.

⑦

【 햅쌀 | 新米 】

고봉 햅쌀밥

죽은 자도 산 자도

꾹꾹 담았네

<ruby>新米<rt>しんまい</rt></ruby>を<ruby>盛<rt>も</rt></ruby>るや<ruby>死者<rt>ししゃ</rt></ruby>にも<ruby>生者<rt>せいしゃ</rt></ruby>にも

가을걷이가 끝나면 맛있는 햅쌀을 맛볼 수 있어요. 늦가을이 기다려지는 이유입니다. 갓 지은 햅쌀밥은 윤기가 좌르르 흘러서 보기만 해도 군침이 돌지요. 고슬고슬 알맞게 잘 된 밥을 호호 불며 주걱으로 가볍게 저으면 하얀 김이 피어오르며 고소하고 먹음직스러운 햅쌀밥 향이 솔솔 나요. 이런 밥에 간장과 참기름만 살짝 뿌려 조미하지 않은 구운 김에 싸 먹으면 세상 무엇보다 맛있는 것을 먹은 기분에 저도 모르게 빙그레 웃음이 지어집니다. 늦가을의 행복이에요.

햅쌀은 일본말로 '신마이'라고 하는데 어떤 일에 새로 투입된 신입을 그렇게 부르기도 합니다. 저는 대학을 갓 졸업하고 햅쌀 같은 막내 시절을 방송국에서 보냈어요. 그때는 하나부터 열까지 모든 게 다 새롭고 어리둥절하기만 해서 제가 일을 제대로 하고 있는지, 저 자신에 대한 확신이 전혀 없었지만, 돌이켜보면 햅쌀은 햅쌀대로 오직 햅쌀만이 낼 수 있는 맑고 순수한 에너지가 있었습니다. 욕심일지도 모르겠지만, 저도 매년 가을이면 돌아오는 햅쌀처럼 지금 하는 일에서 매번 햅쌀밥 같은 신선한 맛을 유지하는 사람이 되고 싶습니다.

그나저나 죽은 자와 산 자가 다 같이 꾹꾹 눌러 담은 고봉 햅쌀밥을 한 그릇씩 받은 걸 보니, 나카타 나오코中

田尚子(1956~)는 오봉 날 이 한 줄 시를 쓴 모양입니다. 오봉은 우리나라의 추석에 해당해요. 설날과 함께 일본의 가장 큰 명절입니다. 선조의 혼령에게 정성껏 만든 음식을 올린 후 오랜만에 한자리에 모인 친지들과 함께 식사하고 성묘를 갑니다. 한국과 비슷하지요. 하지만 우리에게는 없는 생소한 의식도 있습니다. 바로 혼령을 들이는 '마중 불'과 저승으로 돌려보내는 '배웅 불'입니다. 오봉이 다가오는 날이면 선조들이 집으로 잘 찾아올 수 있도록 마당에 불을 피우고, 오봉 다음날에는 그 혼령이 현세에서 다시 저승으로 잘 갈 수 있도록 강물에 등불을 띄우고는 합니다.

떠가는 등불
단 하나가 가만히
거슬러 간다

流燈や一つにはかにさかのぼる

(이다 다코쓰飯田蛇笏)

저런, 죽은 자 가운데 저승으로 돌아가기 싫은 혼령이 있나 봅니다. 선조들을 원래 있던 세계로 인도하는 수많은 등불 가운데, 딱 하나가 강을 거슬러 올라가네요. 무슨 사연이 있는지 궁금해지는 한 줄 시입니다. 다들 죽고 나면 이승에 아쉬움이 남겠지만, 유난히 더 안타까운 귀신이 홀로 강을 거슬러 미처 못다 한 일을 하러 가나 봅니다.

또 오봉 날 죽은 자를 맞이할 때 집안에 장식하는 채소가 있습니다. 바로 오이와 가지예요. 나무젓가락이나 이쑤시개 같은 걸 네 개씩 몸통에 끼워 동물의 다리처럼 만든 뒤 세워 둡니다. 오이는 말, 가지는 소를 상징해요. 선조의 혼령이 오이를 타고 '마중 불'이 보이는 곳으로 말처럼 빠르게 달려왔다가, 가지를 타고 '배웅 불'을 돌아보며 소처럼 느긋하게 돌아가라는 것이죠. 정령마精靈馬라고 부르는데, 계절어로는 '오이 말' '가지 소' '가지 말'을 골고루 쓴답니다. 오봉 날 오이와 가지로 만든 정령마를 소재로 한 하이쿠들을 감상해 볼까요.

엄마 타려면
다리 짧게 만들자
가지 말

母乗せむ足を短く茄子の馬

(기타미 사토루北見さとる)

오이 말

바람처럼 달려서

아빠 데려와

瓜の馬疾く駆け父を連れて来よ

(아이타 히로코 会田弘子)

가지로 말을

만들면서 다시금

눈물이 나네

茄子の馬つくりつつ又涙ぐむ

(데라마에 타네 寺前たね)

저세상에서

과연 잘 보일까요

가지 말

あの世から見えるでしようか茄子の馬

(이케다 스미코 池田澄子)

잊은 물건을

가지러 천 리 길을

가지 말

忘れものとりに千里を茄子の馬

（기무라 고우 木村虹雨）

정말 탄다면

꽤나 유쾌할 텐데

가지 소

乗ればさぞ愉しかろうぞ茄子の牛

（하야시 쇼카 林昌華）

한가위 보름달

간장을 콸콸 붓는

냄새가 나네

十五夜の醬油とくとく匂ひけり

음력 8월 15일에 뜨는 보름달은 '주고야'十五夜라고 부릅니다. 우리에게는 추석에 뜨는 쟁반같이 크고 둥근 달이죠. 그 보름달 아래서 누가 큰 통을 기울여 간장을 붓고 있는 모양입니다. 짭조름하고도 달큼한 간장 냄새가 여기까지 나는 듯해요. 메주를 우린 소금물을 커다란 솥에 부어 달이고는 이제 막 만든 간장 통에 나누어 담는 중인지도 모르겠습니다. 한가위 보름달에 이어 뜻밖의 단어인 간장이 등장하며 한 줄 시가 역동성을 띱니다. 오카모토 히토미岡本眸(1928~2018)의 하이쿠입니다.

저는 이 시를 읽자마자 엄마가 종종 끓이는 간장 냄새가 불현듯 코끝을 간질이는 것 같았습니다. 엄마는 간장을 더욱 맛있게 만들려고 시중에서 파는 간장을 큰 냄비에 붓고, 양파, 사과, 다시마, 고추, 파, 표고버섯, 명태 등을 넣고 팔팔 끓여 맛간장을 만듭니다. 그러면 온 집 안에 간장 냄새가 가득해요. 거실 벽지 무늬 속까지 구석구석 간장 냄새가 배어드는 기분이에요. 그래도 맛있는 국물이나 나물을 먹으려면 이런 맛간장이 필수라고 엄마는 생각합니다. 실제로 그렇게 만든 간장은 크게 짜지 않고 은은하게 구수한 맛이 나지요. 저는 이 시를 읽으며 추석 같은 명절에 전이나 부침개를 이런 맛간장에 살짝 찍어 먹던 일이 떠올라 입에 침이 고였는데, 여러

분은 어떠신가요?

달을 갓 삼아
덮어쓰고 나서는
여행의 하늘

月を笠に着て遊ばばや旅のそら

한편, 휘영청 밝은 보름달을 갓처럼 덮어쓰고 여
행을 떠나고 싶었던 여성 시인도 있었습니다. 이 시는
전국을 떠돌며 시를 썼던 문인 비구니 기쿠샤니菊舍尼
(1753~1826)의 하이쿠입니다. 열여섯 살에 결혼한 기쿠
샤니는 스물네 살에 남편과 사별하고 친정으로 돌아와
머리를 깎고 비구니가 됩니다. 에도시대에는 여성이 한
번 결혼하고 남편을 떠나보내면 이런 결정을 하는 경우
가 많았습니다. 젊은 나이에 홀로 되어 수도승이 된 기
쿠샤니는 이후 갓을 쓰고 봇짐 지고 지팡이 짚으며 길에
서 시를 쓰는 삶을 살았습니다.

저도 맑고 시린 밤하늘에 커다란 보름달이 두둥실
떠오르면, 괜스레 마음이 싱숭생숭하여 밖으로 나서고
싶은 마음이 들 때가 있습니다. 그렇게 발길 닿는 대로
정처 없이 길을 떠나고 싶은 마음, 누구나 한 번쯤 가져

보지 않았을까요. 둥근 달이 머리 위에 떠서 갓이 되어 줄 테니 안심입니다. 외롭지 않습니다.

부손도 이런 시를 남겼습니다.

문을 나서면
나도 길 떠나는 이
가을 저물녘

<ruby>門<rt>もん</rt></ruby>を<ruby>出<rt>いず</rt></ruby>れば<ruby>我<rt>われ</rt></ruby>も<ruby>行<rt>ゆ</rt></ruby>く<ruby>人<rt>ひと</rt></ruby><ruby>秋<rt>あき</rt></ruby>の<ruby>暮<rt>くれ</rt></ruby>

예나 지금이나 가을밤은 여행자들의 마음을 들썩이게 만드는 모양입니다. 그저 문밖으로 나섰을 뿐인데 소슬하게 어두워지는 날씨 속에서 일상을 벗어나 여행을 떠나고 싶어집니다.

높이 뜬 달이
가난한 마을을
지나고 있네

<ruby>月天心<rt>つきてんしん</rt></ruby><ruby>貧<rt>まづ</rt></ruby>しき<ruby>町<rt>まち</rt></ruby>を<ruby>通<rt>とお</rt></ruby>りけり

길을 떠난 부손이 쓴 시입니다. 걷다 보니 처음 보는 가난한 마을. 천공의 꼭대기에 솟은 달은 볼품없고 소박

140

한 마을을 더없이 아름답게 비추고 있어요. 세상 어느 곳이든 공평하게 지나며 은은한 빛을 선사하는 달빛이 시를 읽는 이의 마음에 편안한 위로를 주네요.

하지만 떠나고 싶어도 떠나지 못할 때가 있지요. 그럴 때면 밤하늘의 달을 올려다보며 이런저런 생각에 잠기곤 합니다. 그런데 보름달 이후로는 달이 조금씩 늦게 뜨기 때문에 하늘을 이리저리 뒤지며 달을 기다리게 되지요. 그래서 달이 꽉 찼다가 다시 기울기 시작하는 무렵에 뜨는 달 이름에 '기다림'이라는 뜻이 붙습니다.

음력 17일 밤 뜨는 달은 '서서 기다리는 달'이라는 뜻의 다치마치즈키立待月, 음력 18일 밤 뜨는 달은 '앉아서 기다리는 달' 이마치즈키居待月, 음력 19일 밤 뜨는 달은 '누워서 기다리는 달' 네마치즈키寝待月, 음력 20일 밤에 뜨는 달 이름은 '이슥히 밤이 깊어 기다리는 달' 후케마치즈키更待月입니다. 이제나저제나 얼마나 달이 뜨길 기다렸으면 서서, 앉아서, 누워서 올려다본 밤하늘의 달에 이런 이름을 붙여 주었을까요. 오늘 밤도 마음껏 달을 바라보려 합니다. 음력 8월의 달이 가장 선명하고 아름답기에 모두 이때를 지칭하기도 합니다. 음력 8월은 가을이지요. 모두 가을의 계절어입니다.

오래된 늪지
서서 기다린 달이
떠오르누나

古き沼立待月を上げにけり

(도미야스 후세이 富安風生)

무화과 알을
삶으면서 앉아서
기다리는 달

いちじくをやはらかく煮て居待月

(미야사카 슈코 宮坂秋湖)

집들의 기와
누워 기다린 달에
젖어 들었네

家々の甍ぬらして寝待月

(요시다 히로시 吉田ひろし)

자녀의 귀가
한밤중 기다린 달
떠도 기다려

子の帰宅いまだ更待月いまだ
こ　きたく　　　　　ふけまちづき

(사쿠다 마요 作田真代)

　　이처럼 하늘이 수정처럼 깨끗해지는 가을에는 천
문에 관한 다양한 계절어가 있습니다. 별달밤星月夜이라
는 아름다운 단어는 '맑은 가을밤, 하늘을 수놓은 별이
달처럼 반짝이는 일'을 뜻해요. 유성流星도 가을의 계절
어입니다. 가을은 대기가 맑아 유성이 눈에 잘 보이니
까요.

　연애편지를
　쓴 것만 같은 유언
　별달밤

恋文のごとき遺言星月夜
こいぶみ　　　　　　ゆいごんほしづきよ

(다카노 니지코高野虹子)

　별 하나가
　생명을 불태우며
　흘러가누나

星一つ命燃えつつ流れけり
ほしひと　いのちも　　　　なが

(다카하마 교시高浜虚子)

4
겨울날의 한 줄 시

고
요
한

밤

문
득

내
리
는

첫
눈

같
은

감
촉
으
로

겨울은 다른 계절보다 건조한 탓인지 촉각이 더욱 예민
해집니다. 살에 닿는 감촉과 온기가 살아 있는 하이쿠를
살펴보고, 현실에는 없는 '환상의 시'를 알아봅니다.

콧물이 흘러

코끝에 은은하게

노을이 지네

水涕や鼻の先だけ暮れ残る

소설가 아쿠타가와 류노스케芥川龍之介(1892~1927)도 한 겨울 코감기는 피하지 못했습니다. 에취! 재채기 소리까지 들려올 듯한 이 귀여운 한 줄 시는 『코』라는 단편 소설로 문단에 데뷔한 아쿠타가와의 작품입니다. 묽고 촉촉한 액체가 코끝을 간질여 휴지로 팽팽 풀다 보면 피부가 자극을 받아 발갛게 부어오르지요. 그 모습을 두고 '코끝에 노을'이 졌다고 했습니다. 코감기 걸린 사람의 얼굴을 스케치해 놓은 자화상 같아요. 이 하이쿠를 읽는데 이상하게 제 코까지 간질거리는 기분입니다. 아쿠타가와는 그의 책 『문예적인, 너무나 문예적인』에서 '열일곱 자로 된 하이쿠마저도 구조적인 아름다움'이 있다면서, '하이쿠를 읽을 때면 한 글자 한 소리 끝에 이르기까지 몸에 착착 붙는 맛이 있다'라고 했지요. 과연 그의 한 줄 시도 절묘합니다.

　니콜라이 고골의 소설 『코』에는 깜박하고 이발소에 두고 온 자기 코를 찾아 헤매는 남자가 나오는데, 아쿠타가와 류노스케의 소설 『코』에는 순대처럼 길쭉하고 묵직한 코를 얼굴 정중앙에 달고 살아가는 노승이 나옵니다. 코가 없는 사람이나 코가 턱 밑까지 늘어진 사람이나 남의 시선은 아프기 마련이지요. 노승은 짐짓 코에 무심한 척하지만, 속으로는 자기 코가 죽을 만큼 창

피합니다. 그래서 알아보니 코를 끓는 물에 불렸다가 발로 꾹꾹 밟아 주면 줄어든다고 해요. 제자를 시켜 그렇게 하자 좁쌀 같은 게 나오면서 과연 코가 짧아졌습니다.

재밌는 건 다음부터입니다. 사람들은 노승의 코를 보고 예전보다 더 수군댑니다. 노승이 등을 보이면 자기들끼리 키득거리죠. 인간의 마음에는 모순된 두 가지 감정이 있어서, 남의 불행을 안타까워하면서도 그 불행이 끝나길 원치 않는다고 아쿠타가와는 말합니다. 특히 요즘은 누구나 세상으로부터 관심을 받고 싶어 하는 시대입니다. 주목받기를 권하는 사회죠. 콧대를 높이고 코끝을 끌어올려 얼굴 중앙에 아름다운 평균대를 갖길 원합니다. 하지만 문제는 내 코의 기준이 남에게 있을 때 나타납니다. 타인의 시선, 타인의 말, 타인의 비웃음. 그런 게 나라는 인간의 중심에 떡하니 자리 잡으면, 타인이 내 코에 꿴 고삐에 이리저리 끌리며 살아야 합니다. 그럴 바엔 코가 없는 편이 나을 겁니다.

이 콧물 시는 자살한 아쿠타가와가 친구에게 남긴 생애 마지막 하이쿠였습니다. 죽을 때 쓴 시는 아니지만 오래전 써 둔 시를 죽기 전날 유서처럼 남기고 떠났기에 사람들은 이 시가 아쿠타가와의 생애 마지막 한 수라고 생각했습니다. 이 시를 쓰던 마지막 밤, 그의 코끝에는 타오를 듯 붉은 노을이 졌을까요. 천재 작가라는 찬사를 받으며 화려하게 문단에 데뷔했지만 프롤레타리아 문학이 주류로 떠오르면서 부르주아지라고 손가락질받고 뒷방으로 물러나게 된 그에게 갖가지 현실적인 어려움이 밀려옵니다. 그가 그토록 두려워하던 '어렴풋한 불안'은 결국 그를 집어삼키고 말았습니다.

연필로 적은
유서라면 쉬이
잊히게 되리

鉛筆の遺書ならば忘れ易からむ

이런 유서의 한 줄 시도 있습니다. 전쟁 동안 군수공장에서 노동자로 일하며 생활고와 폐병으로 고단한 삶을 살았던 하야시다 키네오林田紀音夫(1924~1998)가 남긴 대표 시인데, 허무함과 쓸쓸함으로 허탈한 미소마저 새어 나오는 듯해요. 무릇 유서란 일생에서 마지막으로 세상에 남기는 말이니 되도록 오래오래 남길 수 있도록 만년필이나 펜을 이용하기 마련입니다. 요즘 같아서는 워드 프로세스를 이용하겠지요. 하지만 연필이라니……. 금방 지워질 듯한 필기도구입니다. 일부러 그런 도구로 유서를 쓰고 싶은 마음, 죽고 나면 되도록 빨리 세상에서 나를 지워 버리고 싶은 마음, 그 마음을 굳이 이런 한 줄 시로 남긴 건 이런 깊은 외로움을 누군가에게 전하고 싶어서였을 겁니다. 홀로 남은 고독, 생의 공허, 이것도 저것도 남길 게 없는 텅 빈 마음의 자리에서 그런 것들을 생각하며 연필을 드는 시인은 오히려 간절합니다. 간절히 누군가에게, 내가 아직 여기 있다고, 내가 아직 살아서 나만의 생을 노래하고 있다고 말을 거는 듯합니다. 여러분은 유서를 써 보신 적이 있나요. 저는 아직 한 번도 없는데, 만약 쓰게 된다면 구구절절 많은 말을 하지 않고 한 줄 시로 대신해도 좋을 것 같다는 생각이 드네요. 하얀 종이에, 연필. 그것도 나쁘지 않을 것 같습니다.

② 【 고타쓰 | 炬燵 】

작은 문고본

읽다가 덮어 두고

고타쓰인가

よみさしの小本ふせたる炬燵哉

4   겨울날의 한 줄 시   151

소설가 나가이 가후永井荷風(1879~1959)가 남긴 한 줄 시입니다. 가후는 책 애호가이자 고서 수집가였습니다. 도쿄의 부유한 사업가였던 가후의 아버지는 제대로 세상을 배워 오라는 뜻에서 당시로서는 드물게 가후를 미국과 프랑스로 여행 보냈지만, 고향으로 돌아온 가후는 급속도로 사라져 가는 에도의 문화와 자료를 안타깝게 여겨 결국 남은 평생 그것을 보존하고 지키며 글로 남기는 데 힘썼습니다. 그런 가후이기에 주변에 책이며 잡지며 자료가 한가득이었을 거예요. 그런데 날이 얼마나 추웠으면 읽던 책을 덮어 두고 당장에 고타쓰로 들어갔을까요.

제가 처음으로 고타쓰라는 진기한 물건을 본 건 일본 유학 중인 한국인 친구의 집에서였습니다. 갖고 싶은 가전제품을 마음껏 사지 못하고 최대한 절약하며 지낼 때라, 텔레비전에서 전기 고타쓰를 보아도 실제로 살 마음은 먹지 못했지요. 그런데 친구 집에 갔더니 그 물건이 있더군요. 태어나서 처음 보았습니다. 저는 꽁꽁 언두 발부터 고타쓰 속으로 밀어 넣었죠. 오래전에는 상자틀에 화로를 넣고 그 위에 이불을 덮어씌우는 식이었는데, 요즘은 물론 전기 고타쓰입니다. 가후가 쓴 고타쓰가 옛날식인지 전기식인지는 모르겠지만, 어쨌든 전기 고타쓰는 좌식 밥상처럼 생겼습니다. 네모진 밥상 상판 밑에 따뜻한 전기난로가 붙어 있고 그 위에 두툼한 이불을 덮어 온기를 유지하는 난방기구지요. 제 친구는 이미 목까지 이불 속에 넣고 고타쓰에 들어가 누워서 귤을 까먹으며 저에게도 어서 들어오라고 손짓하더라고요.

결국 그날 온종일 둘이서 그 네모난 고타쓰 밖으로 단 한 발짝도 나가지 않았습니다. 따뜻한 그곳이 천국 같았거든요. 거기 들어가 귤을 까먹으며 친구가 책 대여점 쓰타야에서 잔뜩 빌려 온 만화책을 보던 날을 잊지 못할 겁니다. 역시 겨울은 추워야 제맛인가 봅니다. 매서운 추위가 있어야 고타쓰 속이 더할 나위 없이 고맙고 따뜻한 구역이 될 테지요. 책 좋아하는 가후도 책상에 앉아 손에 잡히는 대로 책을 읽다가 문득 추위를 못 이기고 고타쓰로 달려들었을 겁니다. 그때 그 기분 좋은 만족감까지 그대로 전해지는 한 줄 시입니다.

고타쓰가 따뜻하고 너그러운 연인 같은 상자라면, 문고본은 귀여운 연인 같은 책입니다. 작아서 코트 주머니 같은 데도 쏙 들어가요. 지하철에서나 산책하다가 벤치에 앉아서도 읽기에 좋습니다. 아마 유유출판사의 땅콩문고 시리즈도 그렇겠네요. 길 가다가 문득 편안하고 분위기가 좋아 보이는 카페에 들어가 혼자 차를 마실

때, 주머니 속에서 쓱 꺼내어 읽고 싶은 책입니다. 혹은 여행을 떠나와 열차나 비행기나 배 안에서, 사이좋은 연인처럼 팔짱 사이에 끼워두었다가 가볍게 꺼내 읽기도 좋을 겁니다. 가후는 1903년부터 1908년까지 5년 동안 은행원 신분으로 미국과 프랑스를 떠돌며 자신을 주인 공으로 한 여행 단편 소설집 『아메리카 이야기』, 『프랑 스 이야기』를 펴냈어요. 20대의 가후가 백여 년 전 뉴욕 의 밤거리를 걸으며 쓴 감상을 잠시 엿볼까요.

'꿈 많은 내 청춘의 눈에는 이 화려한 불빛이 인간의 모든 욕망, 행복, 쾌락의 표상처럼 비친다. 동시에 이 는 인간이 신의 뜻을 거스르고 자연법칙에 반항하는 힘이 있다는 걸 보여준다고 생각한다. 인간을 밤의 어둠에서 구하고, 죽음의 잠에서 눈뜨게 한다. 이 도 시의 불빛은 인간이 만들어낸 태양이며, 신을 비웃고 지식을 뽐내는 죄의 꽃이 아닌가. 아아, 그렇다면 이 빛을 소유하고, 이 빛을 쬐는 세계는 악마의 세계나 다름없다.'
(『아메리카 이야기』あめりか物語, 1908.)

요코하마에서 출항하여, 한 달 가까이 배를 타고 시

애틀 항에 닿은 가후는 다시 뉴욕까지 가서 악마의 불빛을 보고 있네요. 화려한 도시의 불빛이 인간을 죽음의 잠에서 눈뜨게 하지만, 신을 비웃고 지식을 뽐내는 죄의 꽃이라니. 과연 그렇다고 설득당하면서도 그렇다면 밤마다 불을 밝혀 책을 만드는 저는(왜냐하면 한낮의 태양 아래보다 깊은 밤 달빛 아래서 글이 더욱 잘 나오기 때문에) 죄의 꽃을 연료 삼아 글을 쓰고 있네요.

제가 번역한 소설 중 다와다 요코의 여행 삼부작이 있습니다. Hiruko라는 여자 주인공이 유럽 곳곳을 여행하며 겪는 이야기를 담았어요. 그중 마지막 제3권인 『태양 제도』에서 Hiruko는 바닷속에 잠겨 지구상에서 사라진 고향의 흔적을 찾으며 배로 발트해를 여행하다가 네델란드인인 되프 선장에게서 우연히 이런 말을 듣게 됩니다.

"'저의 선조는 현지의 문화를 배웠습니다. 사전을 만들고 그 나라 전통에 따라 음절 수가 5·7·5인 삼행시도 지었습니다.'"
"어째서 5·7·5인가요? 혹시 어느 야만인의 흑마술인가요?"
아까 그 신사가 끼어들었다.

"그건 화성, 수성, 목성, 금성, 토성으로 다섯 개이기 때문이겠죠."

"하지만 가운데 행은 7음절이라고 하셨잖습니까."

"그 부분에는 해와 달이 더해져서 7이 되었습니다."

(『태양 제도』太陽諸島, 2022.)

발트해를 도는 선박에서도 하이쿠 이야기를 하고 있군요! 독일에서 40년 가까이 살면서 작품 활동을 하는 다와다 요코에게도 한 줄 시는 하늘을 순환하는 해와 달과 행성들처럼 늘 함께 숨 쉬는 우주인가 봅니다. 우리는 작은 책 속에서 언제나 측량할 수 없이 광활한 세상을 만나곤 합니다.

머지않아 봄

매화꽃님 보세요

눈 속의 여인

<ruby>春<rt>はる</rt></ruby><ruby>浅<rt>あさ</rt></ruby>し<ruby>梅<rt>うめ</rt></ruby><ruby>様<rt>さま</rt></ruby>まゐる<ruby>雪<rt>ゆき</rt></ruby>をんな

설국 지방의 전설로 전해 내려오는 아름답고도 무시무시한 요괴가 있습니다. 발이 푹푹 잠길 만큼 눈이 쌓인 한밤에 긴 머리를 풀고 하얀 옷을 입고 다니는 눈의 요괴, 유키온나雪女입니다. 전설에 따르면 유키온나는 때로는 아이와 놀아 주는 상냥한 눈의 요정이지만, 때로는 눈보라 치는 밤에 인간에게 얼음의 숨을 불어넣어 동사하게 만드는 마물입니다. 무려 천 년 전부터 나타난 환상의 계절어이지요. 이처럼 한 줄 시는 눈에 보이는 것뿐 아니라 눈에 보이지 않는 환상의 세계를 그리기도 한답니다. 그 상상이 진짜처럼 느껴지기도 하니까요. 이 한 줄 시는 기담으로 유명한 문인 이즈미 교카泉鏡花(1873~1939)의 작품입니다.

유키온나 전설을 『괴담』이라는 책으로 펴낸 사람은 고이즈미 야쿠모, 원래는 아일랜드 사람인 라프카디오 헌(1850~1904)입니다. 신문기자로 취재 차 왔다가 이 나라의 매력에 빠진 그는 평생 일본 열도에 살면서 민담과 전설을 수집하고 영어로 글을 남겼습니다. 헌의 책을 펼쳐 보면 유키온나는 이런 요괴입니다.

옛날 옛적 추운 북쪽 지방에 사냥꾼 아버지와 아들이 살았습니다. 어느 겨울날, 사냥 중 갑자기 날씨가 험악해져 두 사람은 추위를 피해 오두막으로 들어가 잠을

청합니다. 두 사람이 자고 있는데 갑자기 오두막 문이 열리더니 눈보라와 함께 새하얀 기모노를 입은 여자가 들어와 잠자는 아버지의 입에 하얀 숨을 불어넣습니다. 그 바람에 아버지는 동사합니다. 여자는 아들 미노치키에게도 하얀 숨을 불어넣으려다가 아직 젊고 아름다우니 목숨만은 살려 주겠다며, 다만 오늘 밤 일을 아무에게도 말해서는 안 된다고 엄중히 경고하고 눈보라 속으로 사라집니다. 그날 이후 아들은 비밀을 굳게 지켰습니다. 몇 년 후 눈 내리는 어느 밤, 누군가 아들 집 문을 두드립니다. 문을 여니 아름다운 여인이 서 있어요. 여행 중 길을 잃었으니 하룻밤 재워 달랍니다. 아들은 그 여인이 너무 맘에 들어서 아내로 맞아 함께 살게 되었습니다. 아내의 이름은 오유키お雪, 눈이라는 뜻입니다. 두 사람은 성실히 일하며 5년 동안 다섯 명의 아이를 낳아 길렀지요. 아이들 모두 오유키를 닮아 눈처럼 새하얬습니다. 집 안에는 항상 웃음이 끊이지 않았습니다. 눈보라 치던 어느 밤, 미노키치는 술에 취해 그만 오유키에게 아버지의 죽음에 대해 말하고 맙니다.

"그날 본 그 유키온나는 너를 많이 닮았었어."

그러자 오유키는 답하죠.

"당신이 본 유키온나는 바로 저예요."

오유키는 그날 일을 말하지 말라는 약속을 깬 미노키치에게 말합니다.

"목숨은 살려 드리겠습니다. 당신이 제 아이들을 사랑해 주었기 때문입니다. 앞으로도 아이들을 소중히 여기시기 바랍니다."

그 뒤로 오유키는 영영 모습을 감추었습니다.

이즈미 교카는 이 전설을 소재로, 눈의 요괴 유키온나가 매화꽃에게 쓴 편지를 한 줄 시로 만들었습니다. 봄은 아직 멀게 느껴질 만큼 밖은 춥기만 한데, 겨울밤 추운 달빛 아래 아름다운 매화꽃이 용맹하게 피어 있습니다. 이토록 추운 날씨 속에서 이토록 작고 귀여운 꽃을 피우다니 그 아름다움의 이면에 숨겨진 독기가 감탄을 자아내기도 하지요. 유키온나는 그런 매화꽃을 보며 자기를 투영했을지도 모릅니다. 안타깝고 안쓰러워 봄이 머지않았다는 편지를 썼겠지요. 이즈미 교카는 아마도 맹추위 속에서 아름답게 피어 있는 하얀 매화를 보며 유키온나의 환영을 떠올린 모양입니다.

이 시에서 [머 지 않 아 봄]이라고 제가 번역한 구절의 원문은 '하루아사시'春浅し라는 봄의 계절어입니다. 직역하면 '봄 얕음'이지요. 입춘이 지났는데도 아직 봄이 멀리 있는 듯 춥기만 하여 봄의 기운이 얕게 느껴진다는 뜻이에요. 이걸 다섯 음절로 축약하여 계절어를 만든 것이죠. 봄이 아직 봄답지 않게 춥다. 이 표현을 머지않아 봄이 올 것으로 해석할 수 있기에 이처럼 번역해보았습니다. 매화 뒤에 오는 '사마마이루'様まゐる라는 표현은 지금은 잘 쓰지 않는데, 친애하는 사람에게 편지를 보낼 때 받는 사람 이름 뒤에 붙이는 말로 이즈미 교카의 시대에는 자주 썼습니다.

한편, '하루치카시'春近し도 '머지않아 봄'이라고 옮길 수 있는 비슷한 단어입니다. 직역하면 '봄 가까움'이란 뜻인데 길었던 겨울도 끝나 가고 새봄을 맞이할 희망에 찬 마음을 담은 단어지요. 겨울이 들어간 '후유누쿠시'冬温し라는 단어는 '겨울 온화함'이란 뜻으로 한겨울인데도 온화한 날씨가 이어져 따뜻함을 표현합니다. 이렇듯 오래전부터 계절의 성격이나 미묘한 변화를 너덧자 안에 담아 표현하고자 하는 노력이 있었어요. 계절어는 이러한 함축성을 그대로 담아낸 시적 언어입니다.

그 역사는 하이쿠 이전 와카로 거슬러 올라갑니다. 와카는 5·7·5·7·7의 음수율로 이루어진 고전 시인데, 하이쿠는 와카의 앞부분인 5·7·5만을 잘라 만든 것이기에 와카에서 비롯되었다고 할 수 있지요. 가장 오래된 와카집인 『만요슈』萬葉集가 완성된 것이 7세기 무렵이니 계절어의 역사는 천 년이 넘는답니다. 그 오랜 세월 동안 한 줄 시를 짓기에 알맞은 말들로 축약되어 온 것이지요. 현대어에서도 최대한 말을 짧게 줄이는 언어생활과 맥이 닿아 있는 전통이 아닐까요. 이처럼 긴 역사를 가진 계절어는 일본인의 언어생활과 일상에 오랫동안 각인되어 온 문화입니다. 아울러 괴담 작가 교카의 분위기가 잘 드러나는 하이쿠를 조금 더 만나 보겠습니다. 이 시들에서 무언가 다시 무시무시하고 수상한 이야기들이 시작될 것만 같습니다.

번개 치는데
길을 묻는 여자는
맨발이로다

稲妻に道きく女ははだしかな

늙은 무당이
부엉이 품에 안고
지나가누나

姥巫女が梟抱えて通りけり

수선화 옆에

여우가 놀고 있네

초저녁 달밤

水仙に狐あそぶや宵月夜

때때로 우리는 환상을 노래하고 싶을 때가 있습니다. 이한 줄 시 역시 현실에 없는 세상을 노래한 '환상의 하이쿠'입니다. 상상을 스케치한 한 줄 시라고 할 수 있겠군요. 꽃을 좋아한 화가이자 시인인 부손은 겨울의 계절어인 수선화를 보며 동화 같은 상상에 젖어 있네요. 강아지나 고양이, 많이 봐줘서 족제비나 너구리라면 몰라도, 여우가 겨울 달밤에 민가에 내려와 수선화 옆에서 노는일은 없을 겁니다. 어쩌면 여우 신이 지키는 이나리 신사라도 갔을지 모르겠습니다. 그곳이라면 여우의 석상이 있을 테니까요. 하지만 그것도 묘하고 환상적인 분위기가 도네요. 겨울 달밤, 한적한 이나리 신사 주변에 핀수선화라니 말이에요. 진짜 수선화와 여우의 혼령이라도 보이는 게 아닐까요.

부손의 신비로운 한 줄 시를 더 살펴보겠습니다.

여우불이여

해골에 빗물 고인

깊은 겨울밤

狐火や髑髏に雨のたまる夜に

굿하는 여인

사랑하게 된 여우

시린 밤이네

<ruby>巫女<rt>かんなぎ</rt></ruby>に<ruby>狐恋<rt>きつねこい</rt></ruby>する<ruby>夜寒<rt>よさむ</rt></ruby>かな

여우불은 우리말로 도깨비불이라고도 하지요. 불이 전혀 없을 듯한 추운 산속이나 들판에 돌연 푸른빛으로 타오르는 작은 불빛을 말합니다. 여우의 입에서 뿜어져 나오는 푸른 불이라고 하여 여우불이라는 이름이 붙었다고 하네요. 용도 아니고 여우가 불을 뿜을 리가 없는데 옛사람들은 여우라는 동물에게 신비로운 감정을 느꼈나 봅니다. 요즘도 한밤중에 인왕산을 올려다보면 종종 산 중턱쯤에 불이 반짝이는 걸 볼 수 있는데 무당이 기도하고 있구나, 하고 생각할 때가 있습니다. 인왕산은 기운이 좋아 오래전부터 무당들이 굿을 하는 일이 많다고 하는데 종종 낮에 산을 돌다 보면 무언가를 불로 태우고 남은 둥근 흔적과 사과나 배 같은 과일이 남겨져 있을 때가 있습니다. 부손이 살던 에도시대에는 숲속에 사는 여우들이 그 모습을 마치 사랑에 빠진 듯이 빤히 쳐다보는 일이 있었나 보지요. 이런저런 동화 같은 상상을 하게 되는 한 줄 시입니다.

첫눈 내리네
수선화 잎사귀가
휘어질 만큼

はつゆき　すいせん
初雪や水仙のはのたはむまで

    제가 제일 좋아하는 꽃은 수선화예요. 바쇼도 이런 시를 남겼네요. 추운 겨울날 구근에서 싹을 틔워 아직 찬 바람이 풀 죽지 않은 늦겨울에 꽃이 피는 수선화는 자존심이 아주 센 꽃입니다. 오죽하면 유럽에서는 나르시시스트를 상징하는 꽃이 되었을까요. 일본에서는 '정월의 꽃'이라고 불립니다. 첫눈이 폴폴 내리고 수선화 잎사귀에 그 눈이 가만히 쌓여 갑니다. 눈 한 송이는 무게를 느낄 수 없을 정도로 가볍지만, 눈도 쌓이고 쌓이면 잎사귀가 휘어질 정도이지요. 홋카이도에 사는 제 지인은 집이 무너지지 않으려면 지붕 위에 올라가 눈을 털어야 한다고 하니 눈의 무게도 쌓이면 무시할 수 없나 봅니다.

손난로 식어

우에노에 어둠이

돌아왔다네

<ruby>懐炉<rt>かいろ</rt></ruby>さめて<ruby>上野<rt>うえの</rt></ruby>の<ruby>闇<rt>やみ</rt></ruby>を<ruby>戻<rt>もど</rt></ruby>りけり

유독 추운 어느 겨울날, 식어 버린 손난로를 들고 우에노를 헤매던 마사오카 시키가 노래했습니다. 따뜻하게 데운 손난로가 식어 버렸으니 꽤 오랜 시간 어두워진 거리를 헤맨 듯합니다. 손에 쥐었던 온기가 사라져서 나를 둘러싼 주변의 빛까지 사라져 버린 기분입니다. 인간이란 이런 존재일까요. 나와 맞닿은 일부분에 발생한 온도 변화가 세상에 빛을 가져오기도 하고, 세상을 다시 어둠에 젖게도 합니다.

저도 손발이 무척 찬 사람입니다. 손과 발이 시리면 마음도 시려져서 세상을 쉽게 원망하게 됩니다. 그래서 늦가을부터 벌써 장갑이며 목도리를 준비하기 시작합니다. 도톰한 양말 몇 켤레와 발목까지 올라오는 따뜻한 부츠도 장만합니다. 언제 혹한이 불어닥칠지 알 수 없으니까요. 미리미리 대비해 두지 않으면 편도선이 붓고 콜록콜록 기침을 해댄답니다.

도톰한 양말
서랍에서 꺼내는
한겨울 아침

겨울 아침마다 제가 하는 일을 한 줄 시로 써 보았

습니다. 도톰한 양말이 있으면 마음이 든든합니다. 창밖에서 들이치는 햇살도 한층 밝고 따뜻해 보입니다. 깨끗하고 도톰한 양말에 발을 들이밀 때의 그 안정감은 뭐라 말할 수 없이 좋습니다. 이런 작은 일상의 물건들이 우리의 하루를 채워 주는 것이겠지요.

한 줄 시의 세계는 이처럼 작고 평범하고 소박한 것에 시선을 두고 그것을 있는 그대로 표현합니다. 어떠한 설명이나 이론이나 이유도 필요치 않아요. 그저 내가 지금 본 것, 만진 것, 느낀 것을 쓸 뿐이죠. 실제의 묘사가 전부라 해도 과언이 아닙니다. 그저 일상의 조각입니다. 언어로 이루어진 조각이죠. 하지만 유리 조각을 이리저리 움직이면 주변의 빛이 반사되어 반짝반짝 빛나듯, 언어의 조각도 나를 둘러싼 다양한 세상을 비추며 반짝일 겁니다.

눈 내린 아침

여기저기 二와 二

게다 발자국

雪の朝二の字二の字の下駄のあと

간밤에 펑펑 내린 눈으로 온 세상 아침이 새하얀 이불을 덮은 듯한 어느 겨울의 단상. 어린 날 그런 아침이 오면 아무도 밟지 않은 눈을 뽀득뽀득 밟으며 기분이 좋아지곤 했습니다. 오래전 스테조田捨女(1633~1698)는 게다를 신고서 눈을 밟으며 달렸나 봅니다. 게다는 에도시대에 서민들이 주로 신는 신발이었습니다. 신발 바닥에 철로처럼 세로로 기다란 두 개의 굽이 달린 나막신이지요. 당시 배수 상황이 좋지 않아 진흙이 질척대는 거리를 걷기 위해 꽤 높은 굽을 달았고, 날씨에 따라 굽 높이가 다른 게다를 신기도 했어요.

길가 여기저기에 한자로 숫자 二가 적혀 있다는 발상이 아이처럼 순수하고 귀엽습니다. 요즘 우리가 신는 운동화나 구두의 눈 발자국을 보면 무엇이 떠오르나요? 땅콩, 오뚜기, 빗살무늬, 문어 빨판…… 저마다의 발바닥 무늬를 생각해 보면 훌륭한 시 한 구절이 나올 거예요.

한편 다음과 같은 한 줄 시에는 살아 있는 사람이 아닌, 죽은 자의 흔적이 눈길에 드리워 있기도 합니다.

눈이 검어라
이곳은 아버지가

걷던 길이네

雪黒しここは父の家路であった

(이케다 스미코池田澄子)

새하얀 눈이 쌓여 있는데 어느 지점에 이상하게 검은 그림자가 어른어른 드리워 있습니다. 어라, 저기는 돌아가신 아버지가 집으로 걸어오시던 일인데…… 딸이 보고 싶어서, 집이 그리워, 소복하게 눈 내린 아침에 잠시 다녀가셨나. 나무 그림자도 아니고, 새 그림자도 아니고, 하얀 눈이 검을 이유가 없을 때 문득 그런 생각을 하며 지은 한 줄 시입니다. '아버지가 걷던'이라는 과거형만으로도 죽음과 작별이 떠올라 가슴이 뭉클해지네요.

저는 강아지를 키우면서부터 한결 설레는 마음으로 눈 내린 아침을 기다리고 있답니다. 밤새 아무도 몰래 온 세상을 하얀 눈 이불로 덮어준 날이면 문을 열고 밖으로 나서며 탄성을 질러요. 강아지도 신이 나서 폴짝폴짝 뜁니다. 흰 도화지는 금세 강아지 발자국으로 가득해집니다. 눈 뭉치를 던지면 쫓아가서 한입에 덥석 집어 먹는 강아지, 눈 산책길에 커다란 눈사람을 만나면 무서워서 뒷걸음질하는 강아지, 작은 발자국이 꽃잎처럼 눈길 위에 콕콕 찍히는 강아지. 문득 그 발자국이 꽃 모양 틀로 찍어낸 송편 같다는 생각이 듭니다. 그래서 또 한 수 지어 봅니다.

눈길 위에
강아지 발자국
꽃 송편

꽁꽁 언 손을

호호 불어 주었지

눈사람 아이

霜やけの手を吹てやる雪まろげ

한겨울 눈밭에서 눈을 뭉쳐 눈사람을 만들거나 눈싸움
하는 아이들을 보면 저도 모르게 흐뭇한 웃음을 짓게 됩
니다. '유키마로게'雪まろげ는 눈을 둥글게 뭉치는 행동
혹은 그렇게 눈을 가지고 노는 아이들을 가리키는 계절
어예요. 아이들이 신나게 눈을 뭉치는 모습을 즐거이 지
켜보다가 빨갛게 꽁꽁 언 아이의 손이 마음 쓰여 호호
불어 주었다는 따뜻한 한 줄 시입니다. 우리말에는 아이
가 눈을 뭉치며 놀고 있음을 뜻하는 단어가 없기에 '눈
사람 아이'라고 의역해 보았어요.

　이 하이쿠는 에도시대로서는 흔치 않던 여성 시인
우코羽紅(?~?)의 한 줄 시입니다. 1690년 겨울에 지은 이
시는 당대의 좋은 하이쿠를 모은 책 『사루미노』에 실려
있어요. '사루미노'猿蓑는 '원숭이 도롱이'라는 뜻이랍니
다. 바쇼의 하이쿠에서 가져온 말이에요.

첫 겨울비
원숭이도 도롱이
갖고 싶겠지

初しぐれ猿も小蓑をほしげ也

산길을 걷던 바쇼가 그해 첫 겨울비를 만나 도롱이

를 걸치는데 나무 위에서 지켜보는 원숭이들과 눈이 마
주쳤어요. 내가 도롱이 입는 모습을 빤히 지켜보는 걸
보니 찬비를 맞고 있는 너희도 작은 도롱이를 갖고 싶겠
구나, 하는 마음이 들어 읊은 시입니다. 이 시를 시작으
로 우코의 '눈사람 아이' 등등이 나오는 이 하이쿠 모음
집에는 작은 생명들의 마음을 따뜻하게 바라보는 인간
의 시선이 담겨 있습니다. 요즘은 눈을 뭉쳐 주는 오리
모양 기구가 인기라 눈이 내린 날이면 곳곳에 눈오리가
보입니다. 눈을 손으로 쥐고 직접 뭉치는 과정이 생략되
니 손이 꽁꽁 어는 일이 덜하겠지요. 현대 우리의 눈 풍
경이 귀여워 저도 한 줄 시로 지어 보았습니다.

하얀 눈 오리
뒤뚱뒤뚱 한 줄로
눈보라 뚫고

오늘만큼은

키가 크면 좋겠네

연말 대청소

けふばかり背高からばや 煤払
　　　　　せ たか　　　　　　　 すすはらい

오래전부터 일본에는 연말이 다가오면 대청소하는 풍습이 있었습니다. 에도시대에는 집 안에 난방용 화로가 있어서 천장에 검댕이 생기기 일쑤였죠. 새해에 신성한 신을 맞이하기 위해 이런 검댕이나 먼지를 털어 집을 깨끗하게 관리했답니다. 한 해 동안 쌓인 그을음과 얼룩을 털어 내려니 아주 박박 문질러야 했겠지요. 사람 손이 잘 닿지 않는 높은 벽이나 천장에 그을음이 더 잘 묻어서 여간 힘든 게 아닙니다. 제가 '연말 대청소'라고 번역한 스스하라이煤払는 스스煤가 검댕과 먼지, 하라이払가 털어 낸다는 뜻입니다. 두 말을 붙여서 연말 대청소 풍습을 지칭하게 되었습니다.

이 시를 지은 치요조가 까치발을 하고 빗자루를 든 채 용쓰며 청소하는 모습이 눈에 선하네요. 오늘만큼은 키가 크면 좋겠다는 한탄에 슬며시 미소가 번지는 한 줄 시입니다. 치요조는 키를 키워서라도 먼지를 털어 보겠다고 애를 쓰며 열심히 대청소하는데, 나쓰메 소세키는 이런 한 줄 시를 남겼네요.

지붕 위에서
책을 읽는 선생님
연말 대청소

온 가족이 먼지를 일으키며 부산하고 청소하는 와
중에 에헴, 거만하게 콧수염 늘어뜨린 선생님은 먼지가
없는 지붕 위에 올라가 책을 읽는 모습입니다. 치요조가
보았다면 얄밉다고 생각했을 거예요. 소세키는 아내의
잔소리가 심하다고 친구들에게 푸념하는 편지를 많이
남겼지만, 역시 쌍방의 이야기를 들어 봐야 하는 법입니
다. 선생님 본인도 조금은 미안했던 모양인지 혼자서만
지붕 위에서 유유한 자기 모습을 우스꽝스럽고도 재미
있는 한 줄 시로 남겼네요. 오래전 한 작가가 살던 집안
소소한 연말 풍경이 그림처럼 은은히 떠오르는 듯해요.

다들 연말 대청소를 얼마나 열심히 했으면, 겨울의
계절어에 '스스니게'煤逃라는 말까지 있었을까요. '니게'
逃는 도망친다는 뜻으로 청소는 안 하고 먼지가 없는 곳
으로 피신하는 행동을 가리키는 말입니다. 지붕 위로 올
라가 책을 읽는 소세키 선생님이 아주 훌륭한 스스니게
의 표본을 보여주고 있네요. 올 연말에는 도망치지 말
고, 집 안은 물론이고 제 마음과 정신까지 깨끗하게 정
돈하고 싶습니다. 더러워진 걸 닦아 내고 깔끔한 공간
을 만드는 작은 행동만 해도 한 해 일이 더 잘 풀리지 싶

어요.

　우리 마음속이나 머릿속에도 먼지와 그을음이 있다면, 깊숙한 곳까지 손을 쭉 뻗어 박박 닦아 내야 깨끗하고 맑은 정신으로 새해 새날을 살아갈 수 있을 겁니다. 미움, 원망, 시기, 질투, 복수, 분노, 우리 마음의 벽에 눌어붙어 잘 떨어지지 않는 그런 먼지나 그을음을 대청소하고 새로운 시작을 하고 싶습니다. 매일 밤 그런 정화작용을 한 뒤 잠드는 것도 다음 날 아침을 상쾌하게 시작하는 좋은 원동력이 될 거예요. 소세키가 신경쇠약으로 위궤양 등 각종 질병을 달고 살았던 건 대청소에서 도망쳤기 때문인지도 모릅니다. 세상일은 모두 마음먹기에 달린 거라잖아요. 그을음처럼 쌓인 고민을 털어 내고 매일 매일 한 해 한 해 묵은 것들을 정돈해 볼까요. 저도 치요조처럼 팔을 쭉 뻗고 까치발 하여 제 마음의 청소를 게을리하지 않을 생각입니다.

5
나의 한 줄 시 수첩

연
필
한
자
루
에

수
첩
들
고

길
을
떠
나
요

살아 있음을 언어로 표현하는 것만큼 별처럼 보석처럼
반짝이는 일이 또 있을까요. 끝으로 제가 꼽은 한 줄 시
의 세 가지 특징과 실제로 시를 짓기 위한 방법을 알아
보겠습니다.

1. 서로 전혀 상관없는 것들에 관계성이 생깁니다.

눈 내리는 밤

저 혼자 떨어지는

두레박 소리

雪の夜やひとり釣瓶の落る音

눈과 밤, 눈과 두레박은 서로 따로따로 존재하는 자연 현상과 일상 사물입니다. 하지만 어느 깊은 밤, 아무도 찾지 않을 법한 우물가에 눈이 내리고, 눈이 쌓인 두레박이 무거워지며 저 혼자 툭 하고 우물물로 떨어지는 소리가 납니다. 겨울밤 추위를 피해 고타쓰 속에라도 파고들었던 시인이 잠결에 그 소리를 들었을지도 모르지요. 치요조의 시입니다. 이처럼 시인이 보고 들은 경험과 머릿속에 문득 떠오른 생각으로 말미암아 서로 관계없는 단어들이 한 줄 시 안에 하나로 엮입니다. 이 행위가 무척이나 시적이라고 저는 생각해요. 시가 재미있는 이유이기도 하고요. 인간 세상의 인연도 전혀 관계없는 것들이 우연한 계기를 통해 깊이 이어지기도 하고, 또 한순간에 끊어지기도 합니다. 시를 지으며 관계성이 전혀 없던 것들을 잇기도 하고 분리하기도 하는 묘미를 맛

보는 행동이 하루하루 무미건조한 일상에 활기를 더해
줄지도 모릅니다.

2. 문득 스쳐 지나가는 순간에 영원성이 생깁니다.

아름답구나
장지문 구멍으로
보는 은하수

うつくしや障子の穴の天の川

하이쿠는 찰나의 시입니다. 어떤 일이나 사물 현상
이 일어나는 바로 그때를 노래하죠. 아, 아름답구나. 잇
사는 문득 돌아본 장지문 구멍으로 하늘에 흐르는 은하
수를 바라보며 감탄합니다. 그 마음을 쓱, 한 줄 시에 담
았습니다. 그리고 약 이백 년이 흐른 지금, 우리는 이 시
를 읽으며 잇사가 보았던 그 장지문 구멍으로 은하수를
보고 있네요. 시인이 시를 짓는 행위로 말미암아 순간에
영원성이 생겼다고 할 수 있겠죠. 우리는 하루하루 살아
가는 소박한 일상 가운데 작은 기쁨, 터져 나오는 감탄,
아, 아름다워라, 아아, 귀여워라, 아, 소중하구나, 이런
걸 한 줄의 시로 엮어 영원으로 옮길 수 있습니다. 이것

이 말과 어휘가 가진 힘입니다. 기록하는 일, 쓴다는 일, 그것은 어떤 대단한 걸 하는 게 아니라고 생각해요. 내가 오늘 느꼈던 소소한 감정과 작은 행복, 그것이 그대로 시가 되고 글이 되고 영원이 됩니다. 정말이지 아름다운 일이 아닌가요.

3. 짧기에 오래가는 지속성이 있습니다.

이런저런 일
떠오르게 만드는
벚꽃이런가

さまざまの事思ひ出す桜かな

글은 결국 무언가를 운반하는 도구입니다. 바쇼가 쓴 이 시도 바쇼의 생각을 오늘날 우리에게 운반하고 있지요. 흩날리는 벚꽃을 보며 인생에서 일어난 이런저런 일들을 추억하는 것. 그것은 위대한 시인뿐만 아니라 우리도 쉽게 하는 일입니다. 시인은 그것을 단 열일곱 글자로 해 냈을 뿐이지요. 입으로 외우기 쉬우니 오래 기억할 수 있고, 짧으니 여러 사람에게 운반하기도 쉽습니다. 오늘날 점점 더 가벼워지는 휴대폰이나 노트북 덕분에 여기저기 움직이며 뭐든 원하는 일을 할 수 있고 또 그 일을 길게 지속할 수 있다는 것과 같은 이치랄까요. 언어를 운반하는 틀이 작고 짧고 가볍다는 것은 큰 장점입니다. 작고 짧고 가볍기에, 멀리까지 갈 수 있을 테니까요.

자, 이제 어느 정도 하이쿠라는 시의 세계를 알게 되셨나요. 그렇다면 이제 읽는 것을 넘어서 직접 한번 지어 보겠습니다.

지금 내가 있는 공간을 가만히 둘러봅니다.

책상, 전기스탠드, 마시다 만 커피, 창문에 맺힌 물방울, 먼지, 공기청정기, 달력, 손톱깎이, 모래시계, 잡지, 문진, 이웃집 지붕에 앉아 있는 까마귀, 날아가며 노래를 부르는 까치, 다 먹은 밥그릇을 핥고 있는 강아지, 멀리서 달려가는 앰뷸런스의 사이렌 소리……. 저는 지금 이런 것들에 둘러싸여 있습니다. 여러분의 눈에는 무엇이 보이나요. 그중에서 지금 제일 마음에 드는 걸 하나만 골라 보겠습니다. 하나를 골랐다면 다른 데 마음을 주지 않고 그 하나에 집중합니다. 지금 내 마음에 든 그 하나가 가진 세계로 깊이 들어가 보세요. 몰입하여 관찰하는 게 관건입니다. 그곳에 다른 누구도 하지 않았던 나만 의 신선한 발상이 숨어 있을지도 모릅니다. 신선하지 않 더라도 상관없어요. 나의 공간을 둘러싼 것들을 구체적 으로 묘사하기, 간결하게 표현하기, 전달하고 싶은 것을 명확히 하기. 이런 연습이 시를 짓는 첫걸음입니다.

표현하는 즐거움을 깨달아 보세요.

하나의 단어를 골랐다면 그 단어와 나, 그 단어와 자연, 그 단어와 우주가 어떻게 연결되어 있는지 생각해 봅시 다. 세상 모든 사물과 인간과 생명은 따로따로 존재하는 듯 보여도 보이지 않는 끈으로 서로 미세하게 연결되어 있어요. 우리는 그걸 의식하기도 하고 무의식적으로 알 고 있기도 합니다. 하지만 눈에 보이지 않기 때문에 확 신할 수는 없어요. 그 눈에 보이지 않는 무엇인가를 나 의 감각과 나의 언어로 포착하는 일이 시 쓰기입니다. 내 안에 있는 걸 언어로 끄집어내 표현하는 일이지요. 이처럼 표현하며 살아간다는 것은 스스로 자기 존재를 똑바로 바라본다는 뜻입니다. 표현은 흐릿한 자신을 선 명히 마주하고 빛나게 해 주지요. 표현의 즐거움이 탄생하는 순간입니다.

우리가 지나고 있는 계절을 살펴봅니다.

옛사람들은 자연이 만든 시간 안에서 살아갔습니다. 농사를 짓고 가축을 기르는 일에는 자연의 시간이 절대적이었으니까요. 하지만 현대인들은 과거와 상당히 다른 시스템 속에서 살아갑니다. 오늘의 우리에게는 자연의 시간이 그리 절대적이지는 않아요. 우리는 빛을 만들었고, 온도를 조절할 수 있으며, 전자기기를 통한 혜택에 둘러싸여 있습니다. 그래서 하늘과 우주의 변화를 잊고 살기 쉬워졌습니다.

그러나 우리가 사는 지구는 아무리 시간이 흐르고 시대가 달라졌어도 백 년 전, 천 년 전과 거의 다를 바 없는 우주의 순환 속에 있어요. 계절의 언어는 옛사람들의 유물이 아니라 오늘을 사는 우리에게도 선물과도 같은 말입니다. 저는 우리가 각자의 삶 속에서 더욱 다양한 계절어를 익히고 만들어 가는 일이 우리 삶을 더욱 풍요롭게 한다고 믿습니다.

신발을 꿰어 신고 밖으로 나가 봅니다.

내가 있는 공간에서 이렇다 할 단어나 발상을 찾기 어렵다면 길을 떠나 보는 것도 방법입니다. 동네를 걸어도 좋고, 버스나 지하철이나 자전거나 열차나 배를 타고 전혀 모르는 곳으로 가도 좋습니다. 길가나 주위를 잘 돌아보며 걷다 보면 아주 사소한 것들이 눈에 들어올 거예요. 제비꽃이나 민들레, 아장아장 걷는 아이나 느릿느릿 걷는 할머니, 거미줄에 맺힌 이슬이나 개미들의 행렬, 작은 책방 앞에 내놓은 헌책, 풀숲에 내버려진 고장 난 시계, 버스 옆자리에 앉아 꾸벅꾸벅 조는 아저씨, 물웅덩이에 떨어진 인형 같은 것들이 모두 시의 소재가 됩니다. 그런 자연과 사물과 인연 들이 지금의 나와 어떤 관계성이 있는지 생각해 보세요. 의외로 쉽게 여러 편의 한 줄 시가 나올 거예요.

나만의 계절어 사전을 만들어 봅니다.

1월에는 1월의 계절어가 있고, 6월에는 6월의 계절어가 있습니다. 시장에 가 보면, 공원에 가 보면, 산이나 바다에 가 보면, 하늘을 올려다보고 옷장을 열어 보면, 자연스레 우리가 지나고 있는 계절의 계절어를 마주할 수 있습니다. 그 단어들을 그저 그냥 눈으로 보고 흘려버리지 말고 하나하나 이름을 알고 기억하며 기록하여 수집해 둔다면, 그것이 그대로 계절어 사전이 됩니다. 다른 누구의 사전도 아닌, 나만의 계절어 사전이 되지요. 이 사전이 시를 쓰는 원재료입니다. 옷을 만드는 옷감, 기계를 만드는 부품, 꽃밭을 일구는 씨앗과도 같은 것이지요. 그 계절어를 수집했을 때의 주변 환경, 나의 기분, 공간과 이미지의 묘사 같은 걸 함께 적어 두면 더욱 도움이 될 겁니다.

나아가 집 앞에 피고 지는 풀꽃의 이름을 알고 싶어지고, 밤하늘을 수놓은 별자리 이름을 알고 싶어질 거예요. 좋아하는 누군가를 대하는 내 마음의 감정에 이름을 붙이고 싶어질 겁니다. 세상에는 많은 이름이 있지만, 아직 이름이 붙지 않은 감정이나 기분이나 상황도 많습니다. 그런 것들에게도 나만의 언어로 이름을 붙여 준다면 신선한 시가 탄생할 거예요.

단어 하나하나가 소중합니다.

5·7·5의 짧은 시이기에 단어 하나도 전체 시에서 큰 비중을 차지합니다. 어려운 단어나 한자어를 쓰기보다는 쉽고 간단한 표현, 혹은 의성어나 의태어처럼 상황이나 느낌을 리듬감 있게 살려 주는 단어를 쓰는 게 오히려 한 줄 시의 세계를 넓혀 줍니다. 하이쿠는 기쁨이나 슬픔과 같이 직접적인 감정 표현을 피하고 담담하게 있는 그대로의 사물을 읊는 시입니다. 감정을 생략하거나, 인간의 감정이 사물이나 동식물, 기후나 음식과 같은 무생물 속에 대입되는 경우가 많습니다. 그래서 시의 감정이 지나치게 격해지지 않게끔 해 주지요. 아이의 눈으로 세상을 바라보면서 의인법과 은유법을 사용해 볼 수도 있습니다. 주변의 이미지를 통해 나의 기분을 상징적으로 스케치하는 것이지요.

전혀 다른 두 단어를 조합해 봅니다.

신선하고 재치 있는 하이쿠를 쓰는 기술은 한 줄 시 속에 전혀 다른 두 단어를 조합해 보는 것입니다. 전혀 어울리지 않을 법한 두 낱말 사이에서 공통점을 찾는다면

바로 그 의외성이 시를 반짝이게 할 겁니다. 예를 들어
볼까요.

거미줄
팽팽하게 한 가닥
백합꽃 앞에

いとひと　　　ゆり　まえ
くもの糸一すぢよぎる百合の前

다카노 스주高野素十(1893~1976)는 거미줄과 백합꽃
을 한 줄 시에 가져왔습니다. 언뜻 보기에 둘은 전혀 어
울리지 않습니다. 흔히 거미줄은 지저분한 골목이나 방
구석 같은 손 닿지 않는 곳에 쳐져 있기 마련입니다. 사
람들은 거미를 징그러워하거나 무서워하죠. 거미줄이
보이면 빗자루로 마구 흩트리거나 물을 뿌려 청소하곤
합니다. 눈앞에서 치워야 하는 대상이지요. 하지만 백합
꽃은 어떤가요. 희고 우아한 자태가 고고해 보입니다.
아름답게 피어난 백합꽃을 보며 사람들은 감탄하고 기
뻐합니다. 기품 있는 형상이 보는 이로 하여금 성스러
운 기분까지 느끼게 하지요. 성경에서는 수태고지의 상
징으로 쓰이기도 합니다. 그런 백합꽃이 거미줄과 함께
놓여 있어요. 하지만 이것이 세상 이치입니다. 자연물은

있는 그대로 서로에게 기대며 살아갈 뿐, 거미줄이라고 해서 지저분한 것도 아니고 백합꽃이라고 해서 고고한 것도 아니지요. 이렇게 둘을 함께 놓고 보니 싱그러운 한 줄 시가 완성되었습니다.

소리 내어 읽어 봅니다.

'어디서 어떻게 끊지?' 한 줄 시에서 음율을 만드는 일은 꽤 어려운 일입니다. 이때 키레지를 생각해 보면 어떨까요? 하이쿠에서 말하는 키레지는 우리말로 번역하면 '~여' '~구나' '~인가' 같은 감탄, 탄식, 영탄의 어미입니다. 적절하게 리듬을 살려 넣어 주면 더욱 생동감 넘치는 한 줄 시가 탄생합니다. 처음 다섯 자인 카미고에서 끊어 주어도 좋고, 가운데 일곱 자인 나카시치에서 끊어 주어도 좋습니다. 시를 지어 놓고 소리 내어 읽어 보면서 어디서 한 호흡을 주고 갈지 생각해 봅시다. 내가 강조하고 싶은 단어도 좋고, 평소에 좋아하던 낱말도 좋습니다. '작은 참새여'라고 부르고 나면 그 참새가 우리 인생으로 한 걸음 가까이 다가올 겁니다. 지금 제 눈앞에는 강아지 연필의 하얀 털을 작은 부리로 하나하나 톡톡 주워 담는 참새가 보이네요. 이웃집 할머니가 "그 집 강

아지 털 좀 어떻게 해 봐, 우리 집 창문으로 다 넘어오잖
아" 하고 핀잔을 주시기에 빗질하며 날리는 털을 열심
히 치우곤 하는데, 인간에게는 그렇게 쓸모없는 강아지
털이 참새에게는 멋진 둥지를 만드는 데 꼭 필요한 담요
라도 되는 걸까요?

작은 참새여
강아지 털을 모아
둥지 담요로

이렇게 한번 지어 보았습니다. 처음 다섯 자인 카미
고에서 끊어 주었어요. 저희 강아지 연필의 털을 한 올
한 올 모아 가는 참새가 너무 귀여워 첫 단어에서 강조
하고 싶었답니다. 저 참새의 작은 둥지 속에 포근하게
깔려 있을 강아지의 털마저 상상하게 되네요. 이렇게 키
레지는 정신을 환기하여 생각을 집중하게 하는 역할을
합니다.

쓰기 도구를 가까이 둡니다.

요즘엔 스마트폰으로 간단히 메모하고 글을 쓰지요. 그 방법도 간단하고 편리하지만, 나만의 한 줄 시 수첩을 마련해 채워 나가는 것도 좋겠네요. 여유가 된다면 그림을 그리거나 사진을 찍어도 좋고요. 어떤 감정이나 기분이 생겼다면 그 인상이 사라지기 전에 쓰는 게 좋습니다. 그렇게 하루하루 조금씩 시를 쓰다 보면 어느 틈엔가 수첩 한 권이 빼곡해질 겁니다. 그건 그대로 한 권의 시집이 됩니다. 내 일생의 어느 한 부분이 담긴 이미지와 생각의 집약체입니다. 일기하고는 다르지요. 일기에는 나의 슬픔과 분노와 기쁨 같은 원초적인 감정들이 숨김없이 드러나 있어요. 그건 그것대로 좋겠지만, 이건 단정하고 정갈한 시집입니다. 단 한 줄에 단순하게 요약되어 있지만, 그 순간 어떤 기분과 느낌으로 어떤 분위기 속에서 이 시를 지었는지 자신은 알 수 있습니다. 감정적이지 않기 때문에 타인에게 보여 주기도 그리 부끄럽지 않을 거예요. 설명적이지 않기에 더 많은 사람에게 편안하게 다가갈 수 있습니다. 한 줄 시는 여러 중의적 뜻을 내포하기에 지은이와 읽는 이가 달리 해석할 여지가 있습니다. 그렇기에 더 좋다고도 할 수 있겠지요.

수첩을 늘 가까이 두세요. 그리고 침대에 누워, 통근 길에, 카페에서 차를 마시며, 산책하러 나가 벤치에 잠시 앉아 쉬면서 눈앞에 보이는 사물이나 상황을 단어로 남겨 두고 시를 지어 보세요. 시인이 되는 건 쓰는 일이 습관처럼 몸에 배는 일과 같아요. 그리고 오랜 시간이 흘러 문득 나의 한 줄 시 수첩을 펼쳐 보았을 때, "와…….여기 시인이 있었구나." 감탄하게 될지도 모를 일입니다.

흘러가는 시간에 매듭을 짓습니다.

나의 기억을 나의 손끝으로 남기기, 그리고 나의 언어로 한 줄 시 짓기. 이런 작은 여유가 삶을 더욱 풍성하게 만들어 주지 않을까요. 이젠惟然(1648~1711)은 노래했습니다.

오늘이라는
오늘 바로 이 꽃의
따스함이여

けふといふ今日この花のあたたかさ

오늘 내 마음의 스케치. 그것이 한 줄 시의 소소하고 아름다운 목적입니다. 그리하여 오늘이라는 따스한 꽃을 공책과 연필로 기억하는 일. 그저 연필 한 자루에 수첩이면 충분합니다. 길을 떠나도 좋고 떠나지 않아도 좋아요. 나의 방, 나의 책상, 나의 베란다에서 시작해도 좋습니다. 한 줄 시로 만들어 가는 나만의 언어생활.

어때요, 오늘부터 함께해 보지 않으시겠어요?

한 줄 시 읽는 법
: 찰나의 노래, 하이쿠 시작하기

2025년 1월 4일   초판 1쇄 발행

지은이
정수윤

펴낸이	**펴낸곳**	**등록**
조성웅	도서출판 유유	제406-2010-000032호(2010년 4월 2일)

주소
경기도 파주시 돌곶이길 180-38, 2층 (우편번호 10881)

전화	**팩스**	**홈페이지**	**전자우편**
031-946-6869	0303-3444-4645	uupress.co.kr	uupress@gmail.com

	페이스북	**트위터**	**인스타그램**
	facebook.com	twitter.com	instagram.com
	/uupress	/uu_press	/uupress

편집	**디자인**	**조판**	**마케팅**
인수, 조은	이기준	정은정	전민영

제작	**인쇄**	**제책**	**물류**
제이오	(주)민언프린텍	라정문화사	책과일터

ISBN 979-11-6770-109-1 03810